楊家豪——著

獨木舟

獨立事件簿

目次

目次

第一章

「Strike!」主審舉起右手，判定好球。球數兩好三壞。

這球明顯偏內角，縮著手也未必打得到，連這種球都判Strike的話，還玩個屁啊！王暉暗幹一聲：「操！」

不過抱怨歸抱怨，他可沒有太過激烈的舉動，畢竟現在出賽機會寥寥可數，倘若有個萬一被趕出場的話，可就連刷數據的機會都沒了。距離球季結束還有十場左右的比賽，由於球隊已確定進入季後賽，所以在剩餘的「消化試合」中，總教練刻意讓年輕球員先發，增加比賽經驗。

然而就在前一局，有個剛從高中畢業的新人，為了撲接一顆三游防線的強勁滾地球而傷了右手臂，無法再繼續出賽。總教練向守備教練探詢，確認已無其他內野手可用後，指派王暉上去頂一頂。

十五年前，王暉以捕手的身分進入職棒。

當時，剛從國訓隊退伍的王暉，被三信金控以破紀錄的天價簽約金網羅進來。攻守俱佳的他，被媒體譽為是臺灣棒壇難得一見的三拍子捕手，在那個大聯盟還非常遙遠的年代，甚至有球評認為不出五年，他將有機會進軍世界最高的棒球舞臺。

但，就在剛才，王暉拎著內野手套，站在不甚熟悉的游擊防線，表情彆扭、四肢僵硬。他一上場，便暗自祈禱來球不要太過強勁，亦或是根本不要來。或許上帝聽到了他內心深處最真誠的聲音，那半局沒有一顆球滾向游擊區，如他所願地安全下莊。

投手投出，球一出手後便朝內角拐了進來，依據行徑軌跡來判斷，應是一顆內角滑球。而這球的進壘位置比前一顆更為內側，王暉認定絕對是一顆壞球。

「Strike out!」主審舉起右手，做了個浮誇的拉弓動作。

王暉的驚訝之情溢於言表，他兩眼直愣愣地看著主審，嘟噥道：「靠杯哩！這也好球？」

主審拿起面罩，露出一副你耐我何的表情，「對，就是好球。」

「告訴我，怎麼打？」

「用你的球棒打。」

「媽的哩！球都快碰到我的膝蓋了，最好打得到啦！」

「打不到就早點回家洗洗睡，少在這裡牽拖，浪費大家的時間。」

主審的挑釁語氣，令王暉不禁怒火中燒，「你說什麼？有種再說一次。」

「我說你打不到就回家吃自己，少在這裡浪費時間。」

主審的這句話，徹底點燃了王暉的引線，他失控似地大聲吼道：「他媽的！你共三小？」

「Toss out!」主審的右手朝本壘後方大力揮舞，王暉被驅逐出場。一瞬間全場譁然，驚訝聲四起。

「幹恁娘哩！你憑什麼啊你？」王暉一個箭步衝向前，挺起肚腩朝主審頂了過去。主審不甘示弱，也用自己的啤酒肚予以反擊。兩個大男人在球場中央肚皮頂肚皮，四眼怒視，口中念念有詞。

這劍拔弩張的氣氛，僵持了好一陣子後，突然，王暉感覺有個人在拍自己的肩膀。他轉頭一看，發現是球童。「什麼事啊？」

「你們總教練叫你趕快下場，不要再浪費時間了。」一臉稚氣的球童，以無害的口吻說道。

王暉轉頭望向休息室，瞧見一臉不耐的總教練正盯著他看。此時他的怒意更加洶湧，放聲罵道：「媽的，不出來聲援就算了，還落井下石哩！」

「別撐了，你們總仔不會出來救你啦！呵呵。」主審冷笑兩聲。

眼看其他隊友都已經上場就定位，準備下半局的守備，王暉只好悻悻然地走回休息室。他踏進休息室的瞬間，轉頭瞪了一眼總教練，總教練無視王暉的存在，兩人的眼神毫無交集。

三信金控的總教練是陳威和，選手時代也是一名傑出的捕手。在王暉入團之前，他曾是球隊的第一號鐵捕，王暉入團後，他的先發位置逐漸被這位明日之星給取代，幾年後，隨著身手不斷退化，他在球團的勸說下，默默地卸下選手的身分，轉往教練一途發展。

職業運動的舞臺是殘酷的，陳威和因早早認清了這個事實，所以心甘情願地接受了球團的安排，轉任教練。也因為他及早覺悟，所以才順遂地站上了總教練這個位置。而現在的王暉，正面臨著與當年陳威和相同的窘境，唯一的差別是，他的想法似乎不若陳威和來得正面……。

碰——！王暉朝鐵櫃重捶一拳，抒發內心的不甘。

比賽仍在進行中，球員更衣室內空無一人。一句「幹」聲，響徹在空蕩蕩的迴廊中，產生了些許回音。數分鐘後，迴廊傳來一股急促的跑步聲，音量由小而大，逐漸逼近更衣室。突然，腳步停在更衣室的門口。

「大哥，你們總教練叫你東西收一收，離開球場。」球童說道。

「啥？」王暉滿臉錯愕。

「總教練說的，我只負責傳話。」說完，球童一溜煙地逃離現場。依據聯盟規章的規定，遭到驅逐出場的球員，必須立刻離開球場與球員休息室，不得現身在球迷的視線範圍內。但，更衣室不在此限內，一般被趕出場的球員或教練，都會待在更衣室內直到比賽結束。

「好樣的！此處不留爺是吧？」王暉收拾了球具等的私人物品後，起身準備離開。臨走前，他使出一記重拳，朝著陳威和的鐵櫃招呼下去。鐵櫃挨了這拳後，臉上出現了個隕石坑的印記。

「哼！」王暉冷哼一聲，只差沒在旁邊簽名及留下日期，以茲紀念。

隔日早上，王暉來到了所屬的經紀公司——飛揚運動行銷。「我找致中。」他對著總機妹妹說道。劉致中是王暉的經紀人，兩人的合作關係始於王暉進入職棒之前，算起來已有十多年之久。

「王先生，您有跟他約時間嗎？」

「我操！大尾了喔？現在見面還得約時間哩。」

「不是這個意思啦，因為他現在剛好有訪客。」總機妹妹急著解釋，「還是，先請您去茶水間等他。」

聽到「茶水間」這三個字後，王暉不禁皺起眉頭，「非得在茶水間嗎？難道就不能在會議室？」

眼看王暉面露不悅，總機妹妹趕緊再解釋道：「不好意思啦，因為今天訪客比較多，所以……」

對於一名一百八十五公分的彪形大漢來說，狹小的茶水間顯然過於擁擠，特別是有人進來倒水或咖啡的時候。「不好意思，借過一下喔！」一整個早上，王暉在有限的空間內不停扭曲身軀，以違反人體工學的姿勢騰出走道來。

在那個「運動經紀人」觀念還不甚普及的時代，劉致中是飛揚的菜鳥，而王暉，則是他旗下的第一名球員。時光飛逝，現在劉致中已是飛揚最資深的經紀人，十幾年來，他憑藉著專業與熱誠，簽下了許多年輕有潛力的運動員，而這些選手在他細心的規劃與照料下，也都逐漸在國內外的職業賽場上發光發熱。

以前是他追著選手跑，現在，則是家長帶著小孩來拜託他照顧。稱劉致中是現今臺灣運動界的「王牌經紀人」，可是一點也不為過。

終於，王暉看到劉致中了。他從會議室內走了出來，跟在他身後的是一名容貌青澀、身材高挑，皮膚有些黝黑的年輕人，年輕人的後方則是貌似他雙親的人。四個人有說有笑地朝門口走去，劉致中的手上握著幾張疑似合約書的A4紙，王暉心想這傢伙鐵定又簽下新球員了。

不過話說回來，劉致中後面的那位年輕球員，越看越是面熟，王暉心想絕對在哪裡見過他。霎時，他靈光一閃，想起了他是現今高中棒壇最炙手可熱的投手——郭彥文。去年在高中棒球聯賽投出155 km的速球後，被媒體賦予了「新世代金臂人」的稱號。

根據媒體的報導，郭彥文除了球速快、球質重之外，投球續航力也是他的強項之一，以其先天條件來說，是個先發投手的絕佳素材。因此，當他還是高一生的時候，就被多名大聯盟球探給鎖定，爭相表達網羅之意。臺灣已有好一段時間沒出現這種「大物級投手」，可以想見的是，明年郭彥文的簽約金肯定創下天價，而從中斡旋的劉致中，口袋也鐵定是「麥可麥可」。

王暉站在茶水間，遙望著電梯門口的四個人。電梯門開啟後，郭彥文與父母走了進去，電梯外的劉致中向他們行九十度鞠躬禮，直到門關閉後才挺起身來。

隨後，劉致中踩著輕快的步伐進入辦公室，他一進來，許多同事便起身向他道賀，瞬間鼓掌聲四起。「學長真有你的！」「果然ACE不是叫假的。」「簽下這一個，少說吃五年，喔不，是十五年。」劉致中喜不自勝，笑得合不攏嘴。

一片歡愉聲中，似乎沒人發現茶水間的門口站著一個人……。

此時，總機妹妹從門外小跑步進來，在劉致中的身旁咬了咬耳朵。劉致中把視線投向茶水間後，露出很是驚訝的表情。「靠！阿暉，你怎麼來了？」說話的同時，他朝著王暉小跑步而去。

「怎麼不先通知一聲呢？來來來，去會議室談。」劉致中伸出手，邀請王暉走向會議室。站了好一段時間的王暉，不發一語，面無表情地移動腳步。

兩人進到會議室後，劉致中拉開椅子，示意王暉坐下，「怎麼了？找我什麼事？」

王暉坐定後，淡淡地問：「明年的合約，你打算怎麼跟球團談？」

劉致中聳聳肩，回應道：「球季還沒結束，距離談約還有一段時間，所以……」

「所以，你有任何的想法嗎？」王暉再問。

劉致中吞了口口水後，說：「阿暉。這幾年你的出賽場次不多，各項數據也都明顯下滑，所以，我還在思考如何幫你爭取最有利的條件。」

「我不在乎錢！」王暉說得斬釘截鐵，「我只想上場。給我球打，是我唯一的要求。」語畢，他起身準備離開。

此時，劉致中也跟著站了起來。「阿暉，你可能已經沒有舞臺了。」

頓時，王暉睜大了雙眼。

第二章

一直打哈欠，不知道為什麼，就是一直打哈欠，打到眼框內充滿淚珠。有人說這是出自身體內部的一種自然反應，是大腦缺氧的徵兆之一。如果是這樣的話，是不是多吸個兩口氣就可以壓抑下來？戴仍兆嘗試一下，感覺不出任何效果，嘴巴依然持續著開張閉合的動作，眼珠邊緣的淚水也沒有退潮的傾向。

手握方向盤，右腳盤旋在油門與煞車之間，在這狹小的空間內，戴仍兆獨自與哈欠搏鬥著。擋風玻璃外的世界似乎與他恍如隔世，他沒有餘力關心眼前這位走在斑馬線上的熱褲辣妹，其身上有多少部位是假的，但以那高聳入天的山根來看，他不禁懷疑那對豐滿的胸部也是改裝過的。轉眼間綠燈一閃，戴仍兆的右腳迅速由煞車橫移至油門，猛力一踩。

天空的雲層逐漸厚實起來，且顏色轉為不為人所喜愛的灰黑色調，空氣中彌漫著一股刺鼻的濕氣，這溼氣迫使窗外的路人更是加快腳步，或躲或閃地避免佇立在雲層下方。戴仍兆感到鼻腔內的濕氣感越來越重，稍微深呼吸一口氣，就感覺大腦一陣混沌。天色愈趨昏暗，道路兩旁的路燈早早開工，不知何故，擋風玻璃外的世界顯得一片焦慮，雜亂無章的氛圍令他感到不知所云，他心想好在自己不是深陷其中，而是淺嘗其氛圍而已。

遇到這種天候，就代表生意即將上門，戴仍兆希望在滂沱大雨落下之前，趕緊尋覓到「金主」。因為一旦下起大雨，雨傘上的涔涔水滴會搞濕座椅，濃厚的溼氣感在車廂內擴散，此時肌膚彷彿被貼上了一層保鮮膜——不甚舒爽，這種不適感會讓他如坐針氈，整個心神不寧。

戴仍兆的右腳稍放油門，降低車速，確定後方無來車後，將車體滑移至慢車道。他的目光投向右前方，等待某位呼喚他的人客。

臺北市的不夜城——林森北路。撲著濃妝厚粉，環繞迷迭香氣的女人；身著直挺西裝、梳著服貼油頭的男人，造就了這地方的燈紅酒綠，迷離閃爍的霓虹燈下，上演著一齣又一齣以金錢為前提的愛情大戲。瞬間，戴仍兆的眼光一閃，一名年約四十出頭，看似相貌堂堂、禮儀端正的西裝男正朝著他揮手。

眼見機不可失，戴仍兆轉動方向盤緩緩靠近西裝男，車子停妥後，西裝男開啟車門一腳跨了進來。這位人客看似是個普通的上班族，自認閱客無數的戴仍兆心想：此人應該不是什麼「奧客」，一筆輕鬆寫意的交易。

殊不知，人算不如天算，西裝男一上車後滿身酒味，透過後照鏡，戴仍兆看他滿臉紅通通地有如關聖帝君。關上門後，西裝男操著生硬的國語：「偶要企林聲杯肚。」

林聲杯肚？根本是三杯黃湯下肚搞不清狀況！明明就在林森北路了還去什麼「林聲杯肚」？戴仍兆反覆確認了兩次後，依然得到相同的答案。於是他決定換個方式問：「林森北路很長，請問您想去的地方是哪裡？」這樣問應該夠清楚了吧？突然，西裝男大吼一聲：「烏魯賽！巴嘎壓落——」

戴仍兆雖不黯日文，但也約略明瞭那是一句粗話。西裝男吐了這句話後，身子應聲仰靠在椅背上，昏睡了過去。「靠杯，遇到了！」身為運將，載到這種人客，通常也就只能摸摸鼻子，在心中默念一句：「幹恁老師哩！」

大街上車水馬龍，實在不宜強行驅趕他下車，戴仍兆只好硬著頭皮續摧油門。他一邊開著車，一邊透過後照鏡觀察西裝男的狀況，此時，他內心想著：該如何是好？總不能在林森北路上徘徊到這傢伙酒醒吧？但是該把他送到哪裡呢？日本交流協會嗎？送到那裡會不會把事情給搞大了啊？畢竟只是一名酩酊大醉的乘客而已啊！

這傢伙的錢，戴仍兆是沒打算要賺了，但是他還想繼續做生意，尋覓下一位人客。於是，腦中不自覺地浮現出把西裝男載到山上，丟包在荒郊野外的念頭。但，這離譜的想法僅維持了三秒鐘，理智線修復後，他自言自語道：「靠杯，又不是在棄屍，我在想什麼啊！」就在內心糾葛不知該如何是好時，後頭傳來了一陣嘔吐聲。

戴仍兆望向後照鏡，此時，一幕不堪入目的殘酷影像，活生生血淋淋地映射在他的瞳孔內。他看到西裝男彎下腰兩手撫著肚子，一幅水簾從口中飛騰直下，顏色五彩繽紛、飛虹耀目。此一「奇觀」真實的呈現在眼前，當場令戴仍兆看傻了眼。

深藏在體內的神經質基因，蠢蠢躁動了起來。他的身軀因焦慮而顫抖，熱氣在體內逐漸沸騰，毛細孔張大，一顆顆米粒般的汗珠由額頭直滑而下。後座傳來的陣陣惡臭像一塊腐爛生肉，當中還夾雜了威士忌及啤酒的餘味，這股令人不快的氣味，很明顯地凌駕於濕氣之上。

對於重度潔癖的戴仍兆而言，這種行為比坐霸王車還令他無法忍受，重點是這傢伙渾然不知自己犯了什麼「天條」，在將肚中的穢物一瀉而光後，竟又昏睡了過去。這時候，怒氣與焦慮脅迫戴仍兆必須採取行動了！

於是乎，他驅車前往最近的一間警察局，向值班員警詳述剛才在車上所發生的種種狀況。該名員警聽了戴仍兆的陳述後，試圖喚醒不省人事的西裝男，但，不管如何吼叫或拍打，西裝男都像死屍般地沒有任何反應。「算了，留個資料後你就先走吧。」員警向戴仍兆說道。

「這警察真是通情達理！」戴仍兆內心想著。此時，他一心只想趕緊把後座給清洗乾淨，至於西裝男，就當自己遇人不淑吧。「小日本，下次別再讓我遇見你！」戴仍兆內心嘟噥著。

留下資料後，戴仍兆啟程前往洗車場，準備好好將愛駒給恢復原狀。但，就在他離開警局約莫二十分鐘後，手機鈴聲突然響了起來。

「請問是戴先生嗎？」是剛才的值班員警。

「我是。」

「麻煩你立刻回警局一趟。」

「咦！有什麼事嗎？」

「是這樣的，剛才你載過來的那位日本人，他過世了。」

「啊！」

返回警局的途中，戴仍兆的大腦內，一盞回憶走馬燈運轉了起來。

他回想起自己的前半生，從小到大都是一個平庸無奇的人物，學生時期的成績並不突出，也不熱衷課業以外的任何事物，甚至連運動神經都差到不行。最終，僅以一張可有可無的大學文憑結束了求學生涯，而這張「證明」，充其量只是代表一個時期的結束，對於往後的就業並未帶來任何實質上的幫助。

退伍後換了幾份工作，做來做去總跳不出當業務的命運，差別只在於產品別不同而已。房仲、保險、甚至是靈骨塔，戴仍兆都曾經涉獵過，但，口才拙劣的他，做業務根本是自討沒趣，撇開有無前途不說，連最基本的溫飽都是問題。既然命中注定是個凡夫俗子，倒不如就選擇一種讓自己舒適的生活方式，一種隨心所欲的賺錢模式，即便可能賺得不多，但至少過得快活。

重新審視人生的上半場，戴仍兆再次確信選擇這份工作是正確的。只不過，因為一個素昧平生的醉漢，而讓自己陷入可能的「冤獄」危機，這個狀況還是讓他不免怨天尤人一番。此時此刻，他恨不得把老天爺從雲端上給請下來，質問他為什麼挑中的是自己。

當然，戴仍兆並非真心想對老天爺不敬，只是這時候的他，需要一扇吐悶氣的窗口，而老天爺成了他唯一的選擇。

帶著忐忑不安的心情，戴仍兆走進警局。

「戴先生你來啦。」迎面而來的是稍早的那位值班員警，但他似乎下哨了，現在坐在值班桌的是另一名警察。

「來來來，這邊坐。」員警從辦公桌下拉出椅子，示意戴仍兆坐下。「你的臉色怎麼這麼蒼白？」員警問道。

「……」戴仍兆心想，一個快因「冤獄」失去自由的人，臉色是能紅潤到哪裡？原本就不善言辭的他，面對這突如其來的狀況，更是連組織一句場面話的能力都喪失了。

員警沒等他回答，逕自再道：「剛才一陣混亂，沒來得及自我介紹，我叫阿標，同事們都叫我標哥。」

標哥的膚色黝黑，臉上佈滿坑疤，開口說話的同時，空氣中瀰漫著一股檳榔與香菸的混搭氣味。即便他身著警察制服，仍掩蓋不住其濃濃的江湖味。「遇到這種事情，內心真的很幹吧？」標哥問道。

戴仍兆默默點了個頭，內心想著：的確，除了「幹恁娘」之外，著實沒有第二個想法。隨後，他的目光向四周圍掃描一圈，確認西裝男的「遺體」是否在場。

「救護車載走了。」低頭準備做筆錄的同時，標哥說道。

戴仍兆莫名地抖了一下，故作鎮定地回應：「喔。」

「人往生了，所以我們必須走一下流程，做個筆錄。放心，不會浪費你太多時間的。」標哥提起筆，一副準備妥當的模樣，「現在我會問你一些問題，你照實回答我就可以了。」

雖然只是短短三十分鐘的接觸，但因牽扯到性命，所以這看似無形的接觸就變成了事件，既然成了事件，就必須用白紙黑字將其記錄下來，予以形體化。但，我是清白的，所以不用害怕。進行筆錄之前，戴仍兆這麼告訴自己。

他將整個來龍去脈掛上時間軸，一五一十地向標哥進行陳述。標哥在記錄的同時，沒顯露出什麼特殊的情緒，或許，對他來說就真的是流程而已，就跟處理車禍事故一樣，一切照著流程走。

約莫一個小時後，筆錄結束。戴仍兆臨走前，標哥對他說：「謝謝你的配合，之後如果有什麼疑點需要釐清的話，會再聯絡你，如果沒有的話，這個人就跟你毫無瓜葛了。」

步出警局，一陣微風撲打在戴仍兆的油膩雙頰上，霎時他感到空氣無比清新。「結束了，祝你一路好走吧。以後記得少喝點酒，喔不，沒有以後了，你就每天喝到爛醉如泥，當個醉仙翁吧。哈哈哈——」自言自語的戴仍兆，不經意地笑出聲來。

*

過了一週，「後座死過人」這個陰霾已逐漸散去，戴仍兆一如往常地四處奔波掙錢。這天，有個乘客透過ＡＰＰ平臺系統叫車，上車地點在新店碧潭附近。戴仍兆來到指定地點後，發現乘客竟然是一位年屆古稀的老阿嬤，這讓他有些意外。因為，一般使用APP叫車的都是年輕人。

老人家行動不便，費了些功夫才進到車內。坐定後，她緩緩說道：「我欲去龍山寺。」

「賀。」踩下油門，戴仍兆順著北新路往臺北市的方向移動。開了數分鐘後，他習慣性地瞄向後照鏡，觀察乘客的狀況。

透過後照鏡，戴仍兆看到阿嬤皺著眉頭，神情略顯浮躁。她似乎靜不下心來，頻頻扭動身軀，變更坐姿。對於這幅景象，戴仍兆感到不置可否，他一邊開車，一邊留意老人家的身體狀況是否微恙。途中，他曾數度想開口表達關心之意，但卻又莫名地打了退堂鼓。

過了一陣後，阿嬤揮汗如雨，不斷地用手帕拭去額頭上的汗珠。此時戴仍兆發現她的呼吸頻率似乎變得更為急促，臉色也越趨蒼白，於是，他決定加快行車速度，趕緊把老人家送到龍山寺後收錢走人。因為一週前的經驗，他的腦中浮現出「夜長夢多」這四個字。

但，事情立刻出現了變化——

「停車。頭前停車。」阿嬤出聲。

「啊！」戴仍兆有些錯愕，「是按怎？阿嬤不是欲去龍山寺嗎？」

「袂堪得啊！我欲落車。」阿嬤拉高音調地說。

「阿嬤是按怎？身軀無爽快呢？」

「隔壁這个人全身軀臭酸味，我擋袂牢啊啦！」阿嬤大聲狂吼。

「妳講，隔壁有人？」此時，彷彿一股凜冽的寒風吹進車內，令戴仍兆全身顫慄。

第三章

陳皓偉來到馬祖即將屆滿一個月。

這是一個隸屬於馬防部的海防據點連。一般阿兵哥除了站哨外，不用接受體能訓練，也無需執行什麼特殊任務。因為天高皇帝遠的關係，平時亦甚少有長官來督導。這一個月來，除了寒風刺骨的氣候仍無法適應外，其實陳皓偉過得還挺自在的。

冬天的北竿，海風吹到皮膚就如同針扎般的刺痛，特別是在站哨的時候，前方沒有任何遮蔽物可供掩護，只能單靠衣物與頭套保護。因此，這裡的阿兵哥在執勤時，除了兩顆眼睛之外，總把全身上下包得密不透風的。

站在哨所，遙望對岸的黃岐半島，陳皓偉心想，原來這地方真的離中國大陸這麼近啊！不過都下部隊一個月了，怎麼現在才注意到眼前的這番光景？

原來，直到三天前為止，他在站哨的時候，都用手機的通訊APP與臺灣的朋友哈拉一些五四三的，所以從未認真環顧過這四周圍的景色。現在手機沒了，他才意識到這海天一色的景像，竟美得有如一幅畫。

不過說來真讓人火大！一週前剛來報到的死菜鳥，在東南西北都還搞不清楚的狀況下，竟然就在站哨時講起手機，還好死不死地被督導官給發現，搞得全連弟兄的手機都被輔導長給沒收了。現在好了，站哨時沒手機可把玩，這兩個小時可難熬了。

眼前是一片寂靜的汪洋，萬籟俱寂，陳皓偉只能呆望著它，靜待時間的流逝。

放空了一陣後，突然，他聽到有人在呼喊自己的名字，轉頭一看，迎面而來的是全副武裝的威德學長。江威德比陳皓偉早一梯入伍，所以即便兩人年紀相同，陳皓偉仍以學長相稱。

「皓偉，我來幫你站哨。你趕快去一趟港口。」

「啊！」陳皓偉的眼睛張得老大，「為什麼？」

原來連長接到營部的電話，說陳皓偉的父親從臺灣來找他，但因為不知道部隊的地址，所以下船後隨口問了港口的憲兵。現在，憲兵通知營部請陳皓偉去港口見他父親。

「太扯了吧！怎麼不先通知啊？」得知原由後，陳皓偉抱怨起父親的莽撞行徑。

「別生氣，或許你父親有打你的手機，只是聯絡不上你。」江威德以一貫的平順語調，安撫陳皓偉。

「學長不好意思，就麻煩您了。」陳皓偉從肩上取下T91步槍，轉交給代他執勤的江威德。

「皓偉，說過了喔！別再叫我學長了。」江威德將步槍背到肩上的同時，提醒道。

「對不起學長，喔不，威德，今後會注意的。」

「好啦，要記得喔。」說完後，江威德從口袋內掏出一支鑰匙，「連長叫你騎他的車去。」

「嗯，好的。」陳皓偉脫掉右手手套，伸手準備接過鑰匙。

此時，江威德突然握住陳皓偉的手，搓揉了兩下，「天啊！你的手也太冰了吧，等會兒騎車一定會凍壞的。」他拉起衣服，拿起了夾在褲頭裡的兩個暖暖包，放在陳皓偉的手上，「來，拿去用吧。」

「學長，喔不，威德，我沒關係的，你留著自己用就好。」

「你騎車需要的，趕快拿去。」

抵不過江威德的盛情要求，陳皓偉勉為其難地收了下來，隨後他在江威德的面前，將暖暖包塞進了褲頭裡。

騎車前往港口的路上，陳皓偉的內心很是複雜。就在入伍前，因為Kevin的事，他與父親展開了一場冷戰。

Kevin比陳皓偉年長十歲，是一間日式居酒屋的老闆，陳皓偉從大二開始便在Kevin的店打工。大三升大四的暑假，一個週六的深夜，微醺的Kevin向陳皓偉表明了心意，於是，兩人終結了一年多的曖昧關係，開始正式交往。

這段戀情，陳皓偉從沒打算讓任何人知道，當然也包括了父親。但，引信卻在畢業典禮那天被點燃了。當天，Kevin獻了一大束花給陳皓偉後，順勢在他的臉頰上留了個吻，這一幕，被突然出現的父親給撞見了……。自此之後，父親便常常若無其事地探詢關於Kevin的事，對感情一事甚是敏感的陳皓偉，總是誠惶誠恐地躲避父親的見縫插針。終於，某個晚上，他再也按捺不住胸中的怒火，對父親驚天一吼：「對！他是我男友，我們正在交往。所以呢？」

父親震懾於這突如其來的吼聲，久久無法言語，然後，兩人的關係陷入冰點。然而料想不到的是，搞砸了父子關係後，陳皓偉的感情狀況竟也出現波瀾。兩週前，他收到了這封訊息：「在這段分離的日子裡，我認真思考著我們的未來，但就在某個瞬間，我發現自己似乎不配擁有你。或許對你而言，我不是那個對的人……」

自從與Kevin交往以來，關於他的流言蜚語，從未間斷過。果然，該來的躲不掉，陳皓偉嗅到了兵變的前奏……。

抵達港口的憲兵哨所後，陳皓偉看到父親就坐在裡頭。

「不是說過年會回去嗎，幹嘛還跑來啊？」一見面，陳皓偉便露出甚是不悅的表情。

「這兩天沒啥事，想說來看你過得如何。」父親瞇著眼，笑著說道。

陳皓偉望著父親，感覺他臉上的線條變得柔和許多，那垂垂老矣的臉龐，似乎散發著微黃光暈。「時間有限，你想說什麼就快說吧。」

「其實啊，這段時間我想了許多，有些事，或許沒那麼複雜……」

「你想說什麼？」陳皓偉皺起眉頭，不解地問。

「你母親走得早，我孤家寡人過了大半輩子，雖然有你跟皓菁的陪伴，但，還是不免淒涼……」父親頓了一拍後，再道：「所以，有個伴不是壞事。」

「你大老遠從基隆搭船來這裡，就為了講這句話？」

「是。」

「好，我告訴你，我們快分手了。」

「啊！」父親露出一副很是愕然的表情，「那……也沒關係啦，反正後宮佳麗三千人，這裡應該有很多選擇才是，你可以慢慢挑。」

「你在說什麼啊？我在當兵耶！」陳皓偉壓低音量，瞄了門口的憲兵一眼。

「我想說的是，人生在世，終究要有個伴的。兩個人在一起，開開心心最重要，至於是男是女？其實不用凱兒啦。」

「你是說Care吧？」

「呵。」父親憨笑一聲，「對啦。」

陳皓偉看了一眼牆上的時鐘後，說：「時間差不多了，我得回去了。你打算怎麼辦？去旅社住一晚嗎？還是搭晚上的船回去？」

「這個嘛……」父親一時語塞，看似尚未決定的樣子。

「這裡天寒地凍的，我看你還是早點回去吧。」陳皓偉建議道。

「好。那我搭晚上的船回去。」

「如果下次還要來的話，記得多穿一點衣服，以及戴個毛帽。還有，請先通知我一聲。」

父親蹙起眉頭，回應道：「再來啊？我想機會不大了吧。」

「也好，這裡什麼都沒有，又冷得半死，沒事就別再來了吧。」說完，陳皓偉逕自走出哨所，向門外的憲兵示意會客結束。父親跟在他的屁股後頭，也走了出來。

陳皓偉跨上機車，向父親揮了揮手，「過年我會回家，到時候再聊吧。」

父親報以微笑，點頭表示了解。

陳皓偉催油門，緩慢地將機車駛離哨所。騎了約五十公尺後，他瞄了一眼後照鏡，發現父親仍直挺挺地站著，動也不動地望著他的背影。隨著車速加快，父親的身影也越來越小，瞬間，陳皓偉的眼角餘光稍微瞥開後，鏡子內的父親已消失於無形。

*

陳皓偉離開後，父親走到港口邊的候船區，等待返回南竿的船。往返於基隆與馬祖之間的油輪，僅停靠於南竿，要從北竿經由水路回臺灣，必須先搭交通船到南竿的港口才行。

憲兵若無其事地站在哨所門口，看似一派輕鬆，但，他的目光始終盯著陳皓偉的父親。交通船每小時僅一個航班，老人家呆坐在塑膠板凳上，枯等著。海面上吹來的陣陣刺骨寒風，凍得他直打哆嗦，即便已極盡地蜷縮身軀，仍無法抵禦這冷冽的氣候。

二十分鐘後，交通船緩緩駛進港口，老人家見到船身靠近後，立刻站起身來準備登船。此時，憲兵拿起桌上的話筒，回報道：「報告，船來了。」

唯一的乘客上船後，交通船未多作停留便準備啟程。船隻的引擎聲轟鳴響起之際，憲兵對著話筒，再道：「報告，祕書長上船了，即將離開北竿。」

第四章

哇——一個挖地瓜的暴投球，跑者兵不血刃地踏上二壘，來到得點圈。九局下半兩出局，對於落後兩分的三信金控而言，是個絕佳的得分機會。

投手投出，第三棒周恩邦打擊出去，這球咬中球心，小白球往中外野筆直飛去，非常高也非常遠，中外野手盯著球一路往後退，退到了全壘打牆前，他猛力一跳，球飛過手套邊緣，打中了「世界宗教博覽會」的宣傳看板。安打！是一支二壘安打！

跑者奔回本壘攻下一分，打者周恩邦也順勢滑上二壘，比數變成二比一。悶了大半場比賽的三信金控，終於在最後一局打破鴨蛋了！

各位聽眾，總冠軍賽的第七戰，比賽在最後半局出現了高潮。三信金控能夠力挽狂瀾一舉追平比數，甚至是超前嗎？就讓我們拭目以待，繼續看下去吧。

下個打者是第四棒的黃博勝，但是今天他的狀況不佳，前面三次打擊領了三張老K，在這個關鍵時刻，總教練會換代打嗎？這時候陳威和走了出來，果然要換代打！

現在板凳上的打者還剩下邱浩安和王暉，以本季的打擊成績來說，王暉的打數雖然不多，但他的打擊率與打點都略優於邱浩安，這種場面，還是得仰賴老將的經驗吧。

果不其然！主播看到王暉拎著球棒走出休息室，看來他準備要上場代打了。

總教練陳威和向主審示意換人，由王暉取代黄博勝。咦……不對！陳威和的右手指向休息室，似乎在呼喚誰？莫非，不是換上王暉嗎？啊！邱浩安走了出來，是由邱浩安上場代打。

陳威和向邱浩安耳提面命一番，這種關鍵局面，若是小伙子能夠建功的話，可就立刻變英雄了呢！

但，此時王暉被晾在一旁，表情有些不知所措。他索性移動腳步，悻悻然地朝休息室走了回去。可以想見，這時候的心情一定非常落寞吧。唉……只能用「老將不死，只是凋零」來形容王暉現在的處境了。

邱浩安向主審點了個頭後進入打擊區，小伙子即將面臨他職業生涯最重要的一次打擊，有沒有英雄命就看這一刻了。

李進興投出，好球，正中直球進壘。面對邱浩安這名新人，李進興投得毫無懼色。邱浩安退出打擊區，扭扭腰，伸展一下筋骨。對於打者來說，此時最重要的就是冷靜，不要太過心急，多看個幾球再出棒也沒關係。今年邱浩安的出賽數不多，面對李進興僅有三個打數，三個打數中被三振了兩次，另外一次則是內野滾地球出局。生涯面對李進興，邱浩安仍未擊出過安打。不過，季賽歸季賽，現在是總冠軍賽的第七戰，他只要專注在這次的打擊就好了。

李進興向捕手點點頭，準備投出第二球。球投出，又是好球，火球連發！這球的速度來到了153 km，看來李進興的小宇宙已經完全燃燒了。

球數兩好球沒有壞球，打者處於絕對的劣勢。東山建設要拿下總冠軍了嗎？投手丘上的李進興，神情充滿了自信，而休息室內的隊友們，也都雀躍不已地躁動著，每個人都是一副等不及要衝進場內慶祝封王的模樣。

邱浩安再度扭扭腰、轉轉脖子，這時候，他的目光望向了休息室內的陳威和。直見陳威和的右手掌滑過胸口，左手搓揉了耳垂兩下，這是什麼指令呢？此時除了安打之外，還有其他的戰術可下達嗎？

李進興抬腿、揮臂，準備投出第三球。這會是本賽季的最後一球嗎？

球投出，邱浩安揮棒打擊出去，球穿越了二遊防線滾到中外野，是安打！是一支中外野的滾地安打！跑者周恩邦繞過三壘後直奔本壘，中外野手接到球後長傳回來，這時候要比速度了，到底是球快還是人快呢？

捕手接到球的同時，周恩邦也正好滑進本壘，一時間塵土飛揚、漫天風沙，主審頓了半晌後雙手一攤——安全回壘，三信金控攻下了追平分！

此時邱浩安繞過一壘後繼續奔向二壘，捕手起身將球傳向二壘。啊——傳太高啦！這球飛過二壘手的頭頂，直接滾到了中外野。

邱浩安見機不可失，馬不停蹄地再往三壘方向衝，中外野手接到球後用他的雷射肩將球射向三壘，球的回傳速度非常快，但是彈道似乎偏了。哇嗚——這球直接傳進了東山建設的休息室內，差點打中裡面的球員。邱浩安踏過三壘後一路朝本壘狂奔，滑進本壘，得分，三比二，比賽結束。大逆轉！三信金控逆轉成功，奪下了今年的總冠軍……。

*

空蕩蕩的更衣室內，王暉獨自坐在置物櫃前收拾物品，表情平淡無波。隊友們正在球場內潑灑香檳嬉鬧著，慶祝這得來不易的總冠軍。對於從「邊緣人」晉升到「局外人」的王暉而言，心情竟顯得異常平靜。整理完個人物品後，他站起身來，環視更衣室一周。

明年還有機會踏進這裡嗎？王暉內心這麼問著自己。

近幾年來，他與球團的合約都是採一年一簽的模式。球季結束，倘若球團無意續約的話，他就將面臨中年失業的窘境。

王暉抬頭瞄了眼電視，電視裡的陳威和被一群球員包圍著噴灑香檳，全身濕漉漉的，好不快活。這是所有總教練夢寐以求的時刻，對於今天的「神調度」，可想而知陳威和一定獲得了媒體的高度好評，畢竟這是個結果論的世界，結果就是一切。

王暉轉頭望向陳威和的鐵櫃，那個「隕石坑」依舊完好如初。他心想，陳威和大概也懶得跟他計較了，畢竟，現在兩個人的勝負差距，已經足足有三條街之遙。

繫上安全帶後，手機突然響了兩聲。拿起手機前，王暉心想：不會吧！莫非有人來恭賀我奪得總冠軍？此舉對於一名「局外人」而言，是否太過諷刺了？

打開Line後，發現是劉致中傳來的訊息：「辛苦了，吃個消夜吧。你慢來，我在老地方等你。」他總習慣在某個特別的時刻，投出一顆讓打者意想不到的小便球。

「五更腸旺、三杯雞、鹽酥蝦。其他的由你決定。」送出訊息後，王暉重踩油門。

零加速到一百公里僅需二點八秒，日產GT-R的濃厚引擎聲迴蕩在偌大的停車場內。只有在這個時候，王暉才覺得自己彷彿像是氣勢雄壯的羅馬戰神——瑪爾斯，與腳底下的「東瀛戰神」相互輝映。

*

抵達「老船長」後，桌上擺滿了菜餚。「來來來，你應該餓壞了，趕快先吃吧。」劉致中滿臉笑意地說。

王暉的表情看不出任何情緒反應，坐定後，自顧自地扒了一口飯到嘴巴裡。

「恭喜。」

「恭喜？」王暉仰起頭，笑了一聲，「呵，不會是在挖苦我吧？」

「無論如何，這一年都辛苦了。」劉致中舉起酒杯，向王暉致意。

「合約的事，你有想法了嗎？」無視於劉致中的暖心舉動，王暉劈頭問道。

針對合約一事，劉致中似乎早有準備似的，立刻回應道：「早在總冠軍賽之前，我就跟領隊談過了，但是為了不影響你的心情，所以一直沒有告知你。」

「所以，結果是？」

「基本上續約不成問題。」劉致中說得篤定。

「真、真的嗎？」王暉揚起眉毛，露出半信半疑的表情。

「是真的。」劉致中頓了一拍後，再說：「但，不是球員約。」

瞬間，王暉的臉垮了下來，「為什麼不是球員約？」他面露不悅地問。

劉致中吞了口口水，解釋道：「你在沙場上征戰多年，球團認為以你的經驗與實績，足以成為年輕球員的表率，所以……」

「所以他們嫌我老，要我轉教練是吧？」沒等劉致中回應，王暉再說：「我不接受。」

劉致中露出有些無奈的表情，不知該如何接話。霎時，他的視線飄向了王暉的手機，手機桌面是他三歲的兒子。「弟弟上幼稚園了嗎？」

這話題切換得有些突然，當場令王暉愣了一下。「明年吧。他媽媽有些捨不得，想再多帶一年。」靜默了半晌後，王暉感嘆道：「唉！他還搞不清楚爸爸的職業是什麼呢……」

其實，有個念頭一直深藏在這名過氣球星的內心世界裡——「喂，我爸以前超厲害的耶，他曾經把郭彥文的快速指叉球轟出全壘打牆喔！」「靠，怎麼可能！郭彥文可是大聯盟等級的投手耶！」「好啊，不信你自己去YouTube搜尋『王暉』。」

即便身手早已不若當年，這名過氣球星仍希望在兒子那小小的腦袋瓜中，保留一段爸爸曾是一名強打者，曾把郭彥文的球轟出全壘打牆外的回憶。或許，這一小段記憶，可以讓兒子在學校裡走路有風、趾高氣昂……。這個念頭，正是王暉堅持繼續拚搏的最大原因。

有別於周遭呼三喝四的吵雜氛圍，霎時間，兩個男人之間的空氣凝結。杯內的啤酒所剩無幾，劉致中一口飲乾後，問道：「只要有球打，即便轉隊也無所謂嗎？」王暉毫不猶豫地點點頭。

「好。既然你不排斥轉隊，我就去跟球團討論交易的可能性。」

王暉再度點了個頭，表示同意。

劉致中拿起酒瓶幫王暉倒酒，「既然你已經起了轉隊的念頭，就必須認清自己終究是個獨立的個體，而不再是球團的資產或商品了。」過滿的啤酒溢出酒杯，劉致中示意王暉酌飲一口。

吞了一口酒後，王暉回應道：「這還需要你提醒嗎，我都打十多年了，當然有這個認知。」

「現在，你的處境非常艱辛。」劉致中放下酒瓶，正顏厲色地說：「所以，我們必須加強力道，好好經營王暉這個『品牌』才行。」

「品牌？」王暉皺起眉頭，露出不解的表情。

「對。維持體能與球技必須靠你自己努力，至於經營品牌一事，就交給我來處理吧。」劉致中再補充道：「簡單說來，就是提升王暉的『品牌』價值，而非只是當作打球的工具。」

「你打算怎麼做？」聽得似懂非懂的，王暉索性問道。

「你看一下這個網站。」劉致中拿起手機，用Line傳了個網址給王暉。

滿臉疑惑的王暉拿起手機，點開連結，兩眼直盯盯地看著螢幕。網頁開啟後，映入他眼簾的是一個3D模型的走馬燈。走馬燈緩緩運轉的同時，中心處也逐漸泛起黃光，隨著黃光的亮度增加，他看見走馬燈內映射出一具3D造型的釋迦牟尼佛。「靠！這什麼鬼啊？」丈二金剛摸不著頭腦的王暉，不經意地嘟噥道。

走馬燈持續作動的同時，釋迦牟尼佛也隨之緩緩運轉，當釋迦牟尼佛的正面逐漸轉向後方之際，其形體也慢慢淡出消失在螢幕之中。緊接在釋迦牟尼佛之後的是，被釘死殉道在十字架上的耶穌基督。耶穌基督隨走馬燈轉了一圈後，其身軀也一樣緩緩淡化直至消失。接著登場的是，亞伯拉罕、穆罕默德、摩尼，然後是張道陵……。

直到菩提達摩消失後，走馬燈中央的黃光開始亮到極致，霎時間，黃色光暈佈滿了整個網頁。王暉的眼睛有些疲倦，不自覺地眨了眨，當他再次注視螢幕時，網頁的中心處，浮現出「世界宗教博覽會」這幾個字。

「傳這個給我幹嘛啊？」王暉放下手機。

「你看一下網頁的最下方。」

王暉再次舉起手機，邊看邊念道：「主辦單位：臺北市政府；協辦單位：飛揚運動行銷。」

他呆滯了半晌後，喊道：「『飛揚運動行銷』！三小啊？」

「很奇怪嗎？我們公司是搞行銷的，接這種工作合情合理。」劉致中再說：「這個案子的業主是臺北市政府，公家單位的經費有限，對於代言人的要求不是太高，正好給了你機會。」

「代言人？你在說什麼鬼話？」

「不是鬼話，是實話。」瞬間，劉致中的表情變得有些嚴肅，「若是不利用這個機會提升王暉的『品牌』價值，你就休想再延續球員生命了。因為，單憑你現在的年齡與成績，我保證一張球員約也簽不到。」

這席話讓王暉啞口無言，只能直愣愣地望著劉致中。

「如果你還想打球的話，就好好跟我配合，我幫你尋求最後的翻身機會。若是不想打，那就拉倒，當我什麼也沒說。」劉致中再以強硬的口吻說道。

此時，王暉緩緩低下頭，眼神有些迷茫。

「阿暉，『戰神不死，只是轉型』。就讓我們搏這最後的一口氣吧。」

第五章

臉色慘白的戴仍兆，三步併兩步地走進山門，來到了三川殿前的廣場。上次來到這裡，已經不知道是多久以前的事情了，中學？小學？或是更早……。不過這似乎不太重要，因為此時的他，並不是為了搜尋兒時記憶而來的。

站在石板材地板上，戴仍兆顯得有些不知所云，四處張望的同時，被數名匆匆來去的香客給撞得東倒西歪的。為什麼要來這裡？他相信這是老天爺的指示，而剛才那位阿嬤，則是被賦予了傳令的任務。

在某些場合，戴仍兆確信第六感會指引他走向正確的道路，因為這三十多年來，他都是這樣苟延殘喘活過來的。「上天自有安排」這句話，他深信不疑。

躊躇一陣後，戴仍兆跟著數名日本觀光客，一起從右側的入口走進龍門廳。一位疑似是導遊的人，站在最前方，手舞足蹈地解說著。幾名日本人聽著聽著，突然倏地舉起單眼相機，朝著天花板猛拍。

戴仍兆繞過這群日本人，逕自往裡頭走去。當他穿過鐘樓，到達東廂的時候，頓時眼睛為之一亮。此處的迴廊內，有一整排光透明亮的辦公室，辦公室的門口擺了臺號碼機，這景象神似郵局內受理民眾郵務或儲匯的地方。戴仍兆迅速抽了張號碼單後，退到一旁等待。

約莫十分鐘後，廣播喊道：「三十六號，請至三號櫃檯、三十六號，請至三號櫃檯。」

戴仍兆聽到後，迅速往三號窗口走去。此時，號碼單被他緊握於手掌內，在汗水的浸潤下，形成了一坨爛紙團。他稍把紙團弄平後，遞給了一名年約四十出頭，留著及肩捲髮，鼻樑上掛著黑框眼鏡的女性工作人員。

「需要什麼服務呢？」黑框女收下號碼單，自顧自地說：「吉祥燈的受理日期已經截止了，光明燈預計於十二月份開放登記，目前可以報名的是藥師法會，如果想報名的話……」

「小姐。」戴仍兆硬是打斷那彷彿語音信箱般的沉悶語氣。他內心嘟噥著：我根本不想知道那些資訊！

黑框女托了托眼鏡，面無表情地望著眼前這位嘴唇毫無血色，面容有些慘白的男人。「所以需要什麼服務呢？」

戴仍兆吞了口口水，緩緩問道：「請問，你們這裡有沒有看得到的？」他又吞了一口口水，再說：「然後，可以順便協助溝通的那種人？」

黑框女皺起眉頭，露出一副「吸毒男，你在說什麼啊你？」的表情。

看黑框女毫無反應，戴仍兆再補充道：「就是一般人看不到，然後，你們可以看得到，然後，順便幫忙Talk一下的那種服務。」

黑框女似乎明瞭了什麼，她不自覺地翻了個白眼，以略顯不耐的口氣說：「先生，別鬧了吧！你何時聽過龍山寺有提供觀落陰的服務？」

「不是不是，我不是要觀落陰！」深怕被旁人聽到似的，戴仍兆極力壓低音量，「我是開計程車的，我的車上有個我看不到的人，我想找人跟他溝通，請他離開，就這樣而已。」

黑框女又托了下眼鏡，表情仍然不耐，「即便如此，我們也沒提供這種服務，還是請你去別的地方問吧。」

「小姐，拜託一下，這已經影響到我的生活了，能不能幫忙問一下，貴寺有沒有這樣的『人才』可以協助。不管多少錢，我都願意付。」

黑框女看著心急如焚的戴仍兆，無奈地癟了癟嘴，隨後，她轉頭望向左後方，問道：「阿吉，你都聽到了吧？願意幫忙嗎？」黑框女的目光所及之處，是一名綁著馬尾，下巴佈滿鬍渣的中年男子。鬍渣男的年齡約在四十五至五十歲之間，一身白襯衫配西裝褲，標準的上班族打扮。

「現在沒空啦，報表都打不完了。」鬍渣男正襟危坐在電腦前，專注地敲打著鍵盤。

黑框女轉頭回來，說：「聽到沒？我同事現在沒空，無法幫你。」她再補充道：「他是我們的會計，工作很忙的。」

「所以，他有『那方面』的能力囉？」戴仍兆睜大雙眼，對著鬍渣男喊道：「大哥，我可以等你下班，等你忙完所有的工作。」

「小聲點啦！把我們這裡當什麼啊？」黑框女蹙起眉頭，怒斥道。

「不好意思、不好意思，這件事真的對我造成很大的困擾，那傢伙若是一直賴著不走的話，往後我的生計就沒著落了。」說著說著，戴仍兆不禁悲從中來，語帶哽咽：「我這個人沒什麼一技之長，除了開計程車，也不知道還能做什麼了……」

「喂，警告你，不要在這裡一哭二鬧喔！」深怕戴仍兆太過失態，黑框女疾言厲色地說。

「不是，我沒有要鬧的意思，我只是……」瞬間，戴仍兆的眼角閃出淚光。

「好啦好啦！」鬍渣男抬起頭，面露無奈地回應道：「你先去外面等，我忙完之後再去找你。」看不慣一個大男人淚眼婆娑的模樣，鬍渣男勉為其難的答應。

「真的嗎？」戴仍兆露出喜出望外的神情，「謝謝、謝謝大哥，感激不盡，真的感激不盡。」他宛如搗蒜般地不停點頭致謝。

「他叫阿吉，請尊稱吉哥。」黑框女一臉嚴肅地說道。

*

黃昏接近夜晚之際，天空出現絢爛的彩霞，光暈映射在石板材地板上，將灰色的地板渲染成一片黃澄澄的模樣。龍山寺內的人潮依舊絡繹不絕，當中有將近一半是來自國外的觀光客，鬧哄哄的吵雜聲中，夾雜了各式各樣的語言。

戴仍兆一等便是三個多小時（中途不耐久候，他甚至跑去華西街吃了碗甜不辣，以及喝了杯愛玉冰。）。不過，人家沒有義務一定得幫忙，所以他也只能耐住性子痴痴等。

終於，吉哥出現了。他的身影映入眼簾後，才讓戴仍兆鬆了好大一口氣。

「去停車場嗎？」吉哥劈頭問道。

「是是是，請跟我來。」戴仍兆伸出手，示意吉哥往艋舺公園的停車場走去。

移動的同時，吉哥說道：「稍微介紹一下『那個人』吧，讓我心裡有個底。」

「是，吉哥。『那個人』的身高約有一百八，體型算是魁梧，年齡可能大我一些，目測四十出頭歲。上我車的時候，身上穿著合身剪裁的黑色西裝，判斷應該是個上班族。」戴仍兆瞄了眼吉哥，發現他瞇眼皺眉，一副專心聆聽的模樣。「吉哥你有所不知啊。我這個人有潔癖，很多人以為有潔癖的人，只是比一般人更重視日常整潔。但，其實不然，對於一個重度患者來說，潔癖是會影響工作的。就我個人而言，對於外表不甚整潔，或是其實還算整潔，但我潛意識認為一定有某個地方不夠整潔的人，基本上我是拒載的。不過這個西裝男啊，他的外型給人一股穩重、安心，很可靠的感覺，當他向我招手的時候，我從他身上察覺不出有任何不潔之處，結果殊不知……」

「渾身酒味！」吉哥睜開眼，用力喊道。

「靠！你怎麼知道？」戴仍兆驚訝得像頭頂上炸了個響雷。

「我，感應到了。」吉哥釋放緊繃的眉頭，緩緩地說。

戴仍兆吞了口口水，內心想著，此人果然擁有異於常人的體質，看來找對人了。「沒錯！他渾身酒味、爛醉如泥，而且還操著怪聲怪調的中文。就在一陣狂瀉亂吐後，駕、駕……」

「駕鶴西歸！」

「對對對。」戴仍兆猛點頭，「駕鶴西歸！」

「好，交給我處理吧。」

兩人抵達停車場，戴仍兆的車就在眼前三十公尺處。

吉哥伸出手，說：「鑰匙給我。」

戴仍兆從口袋內掏出鑰匙給吉哥，問道：「那，我在這裡等嗎？」

「對，你在這裡等就好。」吉哥接過鑰匙後，確認道：「你剛才說他操著怪聲怪調的中文，是因為喝醉的關係嗎？」

「不、不是。我忘記告訴你了，其實他不是臺灣人，是日本人。」戴仍兆心想不妙，吉哥該不會無法對應外國人吧？

「日本人？那得使用這玩意兒了。」說完，吉哥把手伸進公事包內，拿出一個橢圓形的小東西。這東西的表面有一個螢幕及兩個按鈕，體積大概比一般的手機還要略小一些。

「這是？」戴仍兆瞪大雙眼。

「即時翻譯機。」吉哥得意洋洋地說：「這是我工作上的好幫手。龍山寺每天都有一群觀光客來訪，若是沒有這東西的話，早就一個頭兩個大了。」

「專業，果然專業！」戴仍兆發出讚嘆聲。

「好，那我進去了。」

「嗯。吉哥，就拜託你了。」戴仍兆注視著吉哥的背影，看他緩緩進入車內。

吉哥一進到車內，便立刻微笑點頭，禮貌性地打了個招呼。此時，不知道「那個人」露出什麼表情？給予什麼回應？戴仍兆望著吉哥的同時，內心浮現出許多問號。

打完招呼後，吉哥拿起他的翻譯機，狀似開始切入正題。透過翻譯機，他與「那個人」聊了起來，就戴仍兆的觀察，似乎是吉哥問一句，「那個人」回一句，吉哥聽了他的回答後，時而點頭微笑，時而皺眉不語。

約莫十分鐘後，戴仍兆發現吉哥微笑的次數越趨減少，而皺眉的時間卻逐漸拉長，這讓他感到莫名的焦慮。「到底在聊些什麼啊？」他喃喃自語道：「叫他離開就對了嘛！有這麼困難嗎？」

耐不住性子的戴仍兆，幾度想衝進車內，叫吉哥不需要囉哩叭唆的，立刻把他攆走就對了。這就像是陌生人霸佔自己的家門口一樣，除了趕走之外，還有什麼妥協的空間嗎？該不會還要談條件吧？真是豈有此理！

躊躇了一陣後，戴仍兆果敢往前走去，這時候，吉哥突然開門走了出來。戴仍兆見狀後停下腳步，開口問道：「如何？他要滾蛋了嗎？」

「不好意思……」吉哥的眉頭深鎖，臉上帶著些許愧疚的表情。

「不好意思？」戴仍兆的眼睛睜得老大，顯得錯愕莫名。

吉哥嘆了口氣，道：「唉！他遭遇了一些事，現在的精神狀況不是太好，如果強逼他離開的話，我怕……」

「你怕？」戴仍兆手摸額頭，不可置信地說：「他都掛點了，還有什麼好怕的啊？該怕的人是我，我怕死啦！」

「你先冷靜。」吉哥拍了拍戴仍兆的肩膀，「再給他一點時間，他說他會離開的。」

戴仍兆雙手一攤，大聲喊道：「再一點時間！是要多久啊？」。

第六章

站在偌大的甲板上，陳皓偉望見遠方基隆港的輪廓越趨鮮明，陸地上的建築物、車輛、乃至走動中的人群，其形體都逐漸清晰。

暈了一整晚的船，翻攪、翻攪，再翻攪，差點沒把五臟六腑給吐出來的陳皓偉，可謂元氣大傷。但，即便身軀疲憊不堪，久違的臺灣本島映入眼簾後，還是讓他的精神為之一振。眼前車水馬龍的繁榮景象，著實喚醒了他昏沉已久的意識。

嚥了口口水後，他喃喃自語地說：「終於到了。」

不過話說回來，這次的返臺假，來得有些突然——

*

「什麼！你的假被黑掉了？」剛下哨的江威德，一臉錯愕。

「小聲點啦！」陳皓偉倏然一驚，不自覺地望向寢室門口。「也不是被黑啦，就是提前兩個月而已。」

「你傻啊你，這就是被黑啊！」江威德忿忿不平地問：「誰通知你的？參一？」

「當然是參一啊，不然還會有誰。」

「媽的，我去找那個王八蛋理論。」將裝備歸位後，江威德轉身朝門口走去。

「不要衝動！」陳皓偉一把抓住他的胳臂，「冷靜點，給我冷靜。這已經是確定的事情了，你去找他也是無濟於事的。」江威德仍是自顧自地往前走，陳皓偉死命抓住暴衝的他，就這樣被拖著往前滑移數公尺。

「你這樣是在害我啦！」陳皓偉忍不住扯開嗓門，大聲吼道。

江威德停下腳步，轉頭問道：「所以，你答應了？」

「嗯。」陳皓偉鬆開手。「不答應又能怎麼辦？誰叫我這麼菜。」

「話不是這麼說的吧！當初報到的時候，連長不是答應你們這批菜鳥的第一把假會排在農曆年嗎？怎麼才過兩個月，下面就開始亂搞起來了？」說著說著，江威德的火氣又上來了，「好啊，要亂搞是吧？我這就去跟連長告狀。」

「不要啦！」陳皓偉環抱住他，哀求道：「你這樣真的會害到我……」

「你就是太軟、太好欺負，那群王八蛋才會吃定你。」

「唉！沒差啦，反正牙一咬，忍忍就過去了。古有云：『什麼都是假的，平安退伍才是真的。』不是嗎？」陳皓偉笑著說道。「所以，別氣了嘛。」他伸出手，捏了捏江威德的臉頰，「來，跟著我笑一個，呵——」

「唉呦，白癡喔！」江威德忍不住笑意，唇角往上微揚。「竟敢捏我！」他也伸出手，朝陳皓偉的臉蛋給捏了回去，「啊……啊啊……」「好痛喔……」兩人的打鬧聲，迴蕩在空無一人的寢室內……。

*

有別於其他歸心似箭的阿兵哥們，陳皓偉佇足在基隆火車站的售票口前，顯得猶豫不決。就常理上來說，下部隊後的第一次返臺假，理當應該先回家探望家人才是。但，此時他掛心的，恐怕是另一個人……。

陳皓偉拿起手機，開啟Line的對話紀錄：

「在這段分離的日子裡，我認真思考著我們的未來，但就在某個瞬間，我發現自己似乎不配擁有你。或許對你而言，我不是那個對的人……」

「過年會回去，到時候再說吧。」

陳皓偉望著一個半月前的對話紀錄，躊躇了一陣。隨後，他在下方輸入：「提早回來了，現在去找你？」打完字，拇指在傳送鍵的上方猶豫了半晌後，他按下了刪除鍵。

近幾年來，臺北市的小公園在市政府與鄰里居民的照料下，越變越漂亮，位在南京東路巷弄內的慶城公園，稱得上是當中的翹楚。公園內花木扶蘇、林相鬱閉，高聳入天的松樹群，讓人彷彿置身於杉林溪。在盛夏午後的臺北市內，這裡可說是最佳的避暑勝地，身心皆然。

公園旁的慶城街，佇立著一整排的特色餐廳，每間餐廳都充滿著濃厚的異國氣息。「十兵衛」是一間以木造裝潢為主體的日式居酒屋，在以美式餐廳為主的這條街上，顯得有些突兀。

陳皓偉在公園內繞了兩圈後，找到一顆樹寬可遮住身軀的松樹，他站在這棵樹的後方，探出頭，望向「十兵衛」。此時正值下班時間，來來往往的上班族，腳步輕快地穿梭在公園外環的紅磚步道上。相較之下，頂著大平頭、掛著黑框眼鏡，臉上帶著淡淡愁容的陳皓偉，似乎與周遭的氛圍格格不入。

距離營業時間還有一個小時左右，通常Kevin不會這麼早來到店裡，他的身影都是八點過後才會出現。隱蔽在大樹後方的陳皓偉，雙眼凝視店內，觀察員工們的一舉一動。他感覺這種行為有些變態，但，自己只是順著心走，因為想看Kevin，所以來到這裡，如此而已。

還要消磨好一段時間才能見到他，一直站著也不是辦法，於是陳皓偉決定找間便利商店，先填飽肚子再說。坐在7-11內，他吃了個御飯糰，喝了杯久違的冰拿鐵。7-11的「大冰拿」，是他還在當「老百姓」的時候，每天早晨必喝的提神聖品。

不過話說回來，雖然入伍才不過三個月，陳皓偉卻有種與社會脫節已久的感覺，一股莫名的自卑感油然而生。坐在用餐區，當有人不經意地望向他時，他總是刻意地將眼神飄開，不敢與「老百姓們」對上眼。是因為軍人的身分嗎？還是，真的脫離社會太久了？陳皓偉自己也搞不清楚原因為何。他內心想著，或許，在自己的潛意識之中，本來就躲藏著一股微小的自卑感，而在身心靈最虛弱的狀態下，這股自卑感被放大檢視了起來……。

太陽西下，晚間七點五十分，陳皓偉回到「遮蔽物」的後方。

此時，Kevin的身影出現了。將近三個月不見，Kevin的身形沒什麼太大變化，髮型依舊梳著旁分油頭，若真要點出什麼差異的話，陳皓偉感覺他的絡腮鬍似乎更濃密了些。

身為老闆，Social是Kevin在店內的主要工作。每天晚上，他都會逐桌向客人敬酒並談笑哈拉個幾句，這對性格海派的他而言，是件得心應手的事情。「十兵衛」在Kevin的領導下，業績蒸蒸日上，不僅網路上的好評不斷，甚至連電視臺的美食節目都曾親臨採訪過。短短數年的光陰，這間店已是臺北市內最具代表性的日式居酒屋之一，而Kevin，則被許多網友公認是「最有型的居酒屋老闆」。

陳皓偉的視線，緊緊跟著Kevin的身影，隨著他輪替一桌又一桌的客人，乾了一杯又一杯的酒。店內的人客當中，有許多是陳皓偉所熟識的，但他沒見過的新客人也不少，每每有素未謀面的人與Kevin交相擁抱時，他總會不自覺地多看對方一眼。若是單純的擁抱就算了，他發現某幾個人的手，似乎不安分地碰觸到Kevin的腰際，並緩緩下滑至臀部……。於是，他的心揪了好幾下。

看累了，就蹲下來歇息，同樣的動作，整個晚上反反覆覆了數次。或許因為睡眠不足的關係，暈船後的疲憊感始終無法散去，這讓陳皓偉幾度感到昏眩。

時序接近午夜十二點，體力不濟的他，索性坐在地上。

這下要等到何時？要給Kevin一個驚喜嗎？還是，乾脆回家吧？這些念頭，逐一浮現在陳皓偉的腦海中。

長針跨過十二點，Kevin跟幾名客人走到店外，拿出電子煙，吞雲吐霧了起來。原來他改抽電子煙了！Kevin是個煙齡長達二十多年的老菸槍，過往鍾愛Marlboro的他，竟在短短三個月內改抽電子煙。這改變，讓陳皓偉有些錯愕。

深吸一口、長吐一口，店門口一陣煙霧瀰漫，迷霧陣中，談笑嬉鬧聲不絕於耳。雖然聽不到他們在說什麼，但陳皓偉的目光始終鎖定在Kevin身上。突然，陳皓偉的心臟揪了好大一下——他看到Kevin的右手伸向身旁一位男子的腰間，環抱住他。

陳皓偉把頭撇到一旁，深呼吸，試圖讓心跳頻率稍微和緩些。嘴巴輕吐一口氣後，他再把頭轉回來，此時，他望見Kevin的頭靠在那位男子的鎖骨上，然後，嘴唇貼了上去……。

霎時，陳皓偉感到一陣胸口緊縮，心臟砰砰亂跳，這頻率狂亂地像是群魔亂舞，讓人喘不過氣來。額頭上直冒冷汗，意識越趨模糊，他感覺周邊的景象越來越不真實……失控，快失控了。瞬間，一陣強光掠過他眼前，好刺眼，什麼都看不見，好昏，頭好昏……。

第七章

許久未穿上西裝，王暉感到渾身不自在，他覺得呼吸困難，彷彿快窒息了。屁股陷在鬆軟的沙發中，他不時扭扭脖子、轉轉胳臂，試圖做些伸展，好讓自己快活些。

「忍耐一下，大概三十分鐘就結束了。」望著像是蕁麻疹發作的王暉，劉致中說道。

王暉掏出手帕，擦了擦額頭上的汗珠，問：「等一下我要說什麼？」

「不用特別說什麼。人家問什麼，你就答什麼，這樣就好，其他的我會處理。」劉致中回應道。

聽劉致中這麼說，王暉的苦澀表情才稍稍緩解下來，「反正我就當個人形立牌，聽候你指示。」

觀傳局同意劉致中的提案，委任王暉擔任「世界宗教博覽會」的代言人，協助宣傳此活動。為此，劉致中特別帶王暉前來市政府，禮貌性拜訪觀傳局的吳志耀局長。「不用太拘謹，局長只是個未滿三十歲的年輕小伙子。」劉致中壓低音量地說。

「不到三十歲？也太年輕了吧！」

「因為輔選有功啊……」前年的市長選舉，吳志耀是助選團隊的一員，負責空戰的網路操盤。選舉後期，因為他在網路上成功操作風向，才讓原本民調處於劣勢的現任市長扭轉乾坤，以些微的差距連任成功。

「所以，局長這位置是酬庸來的？」

「噓──你也小聲點！」劉致中倏然一驚，深怕旁人聽到。他瞄了眼同在會客室內的局長幕僚們，發現沒人在注意他們後，才鬆了一口氣。隨後，他靠到王暉的耳邊，輕聲說：「這沒什麼好奇怪的，不要大驚小怪。」

此時，吳志耀從門口走了進來，劉致中輕拍王暉一下，示意他站起身，「局長您好，我是『飛揚運動行銷』的劉致中，這位是活動代言人，王暉選手。」劉致中用手肘頂了下王暉，提點道：「跟局長問好。」

「局長您好。」王暉跟著點頭致意。

「Hello，劉先生，很高興認識你。」吳志耀滿面笑容，與劉致中行握手禮。隨後他走到王暉的面前，頗為興奮地說：「王先生你好，我認識你喔，我從小看你打球長大的。」

「啊！真的嗎？」王暉有些錯愕。不知該作何反應的他，乾笑了兩聲：「呵呵。」

「真的啊。我從小學就開始看你打球了。」吳志耀說道。

「從小學開始？」王暉皺起眉頭，露出不可思議的表情。「你念小學的時候，我應該還沒打職棒吧？」

劉致中又頂了王暉一下，暗示他：反駁個什麼勁啊！隨便呼應個兩句就好……。

「咦——」吳志耀歪著頭，一副沉思的模樣。突然，他的靈光一閃，說：「對了，應該是你青棒的時候吧？我是從你高中的時候認識你的，當時我還是小學生。」

「啊！」王暉睜大眼睛，表情更為驚訝，「我高中的時候？」

「對。一九九九年的IBA世界青棒賽，你是當時的主力捕手吧？我還記得王牌投手是小曹，曹錦輝。」不等王暉回應，吳志耀逕自再道：「那一年中華隊的陣容真是超強的，我原本認為冠軍一定是我們的囊中物，殊不知人算不如天算，最後的冠軍戰竟然以一分之差敗給美國。當時輸球的那一刻，我真的超幹的！喔不，我真的超扼腕的！」

「呃，那個……」王暉欲言又止。

「對啦，我對你的印象就是從那次的大賽開始的。我覺得你的配球功力很不錯，打擊也很有Power，當時我就猜到你以後一定會打職棒，而且絕對會是個球星等級的選手。果不其然，被我料中了呢！哈哈哈……」

「呃……那一年，我，」王暉話才吐到一半，劉致中便搶先說道：「是是是，局長真是料事如神，果然是被政治耽誤的球評啊，哈哈哈……」乾笑三聲後，他再說：「要不然，我們開始進入正題吧。」

「是是是，來，大家坐。」吳志耀伸出手，示意大家坐下。

屁股坐定後，王暉自言自語道：「那年的捕手是高志綱，我根本沒入選……」

無視於王暉的喃喃細語，劉致中開口說道：「是這樣的，這次非常感謝觀傳局的提攜，讓敝司有幸參與這個深具意義的活動。我們公司一定會全力配合貴局處的指示，努力把活動辦得成功、辦得熱鬧。」

「呵呵呵，好說好說。首先我先代表觀傳局，對『飛揚運動行銷』的協助，表達十二萬分的謝意。」說完，吳志耀逕自拍起了手，其他人見狀後也跟著一起鼓掌。「今天見到王暉選手，我個人感到非常興奮，以王先生這種健康運動員的形象來擔任代言人，我認為真是再適合也不過了。」語畢，會客室內又響起了一陣如雷掌聲。「對於我們觀傳局而言，『世界宗教博覽會』是個年度重點工作。所以，我想藉由今天這個場合，再次凝聚大家的共識，讓所有同仁擁有相同的信念與目標，一同合作把活動辦到盡善盡美，可以嗎？」

「可以。」「贊成。」「局長請說。」觀傳局的同仁們贊聲不絕。「我們洗耳恭聽。」劉致中以協力廠商的身分，大聲喊道。

「好的。我想在座的各位都很清楚，『世界宗教博覽會』的活動宗旨是理解、尊重，以及包容。我們希望透過博覽會的形式，讓參觀者實際體驗各種宗教的教義與精神。用愛，包容不同的信仰，讓各宗教之間可以自由交流；用愛，讓未來不再因宗教而有衝突，不再因宗教而流血；用愛，促進族群之融合，共創世界之和平。」

「說得好啊！」劉致中突然站起來，瘋狂鼓掌。

「我還沒講完。」

「啊！」誤判鼓掌時機，劉致中露出一臉尷尬的表情。「不好意思。」

劉致中坐下後，吳志耀再繼續說：「凡夫眾生都一定會有煩惱，宗教之所以存在，就是要解決人們『心之所苦』。『心』是宗教的根本，是核心，也是CPU。所以，我們身為主辦單位，也應當以『心』為本，懷抱著善心、善意，廣結善緣的態度，來舉辦這次的活動。」吳志耀看了眾人一眼，問道：「我這麼解釋，大家都能理解嗎？」

眾人愣了半晌後，齊聲呼應：「可以——」

「很好。既然各位都理解了，我就請Sandy再針對具體的活動內容進行說明，讓大家的印象再深刻些。」吳志耀對著一名身穿黑色緊身套裝的長髮辣妹，吩咐道：「Sandy，交給妳了。」

「是。」Sandy站起身，說明道：「誠如各位所知，『世界宗教博覽會』的展場在臺北小巨蛋。在這個偌大的會場內，我們規劃了六個主題展區，分別是生命起源、靈魂真諦、先祖智慧、教義探尋、和平之道，以及最壓軸的——宗教之美。」Sandy頓了下，吞了口口水後，再道：「距離開幕的時間還有半年，上述的六個展區之中，有五個的策展進度都在我們的掌控之中，初步評估應可在時程內如期完成。唯一一個進度比較慢的是，宗教之美……」

「Sandy。在座的各位，都是往後要一起合作的夥伴，針對進度落後的原因，妳就如實地告訴大家吧。」吳志耀的口氣，透露出Sandy似乎語帶保留。

「是。」既然老闆都這麼說了，Sandy點了個頭後，便再繼續說道：「宗教與藝術是密不可分的，從藝術中可以看出宗教的流儀，所以，在『宗教之美』這個展區，我們希望透過各類型的宗教藝術，向世人傳達各教義中的美感與精隨。以臺灣的傳統宗教藝術來說，其內容相當廣泛且多元，從建築物、祭祀法器、避邪器物，一直到神像等，都能傳達出臺灣宗教工藝的內涵與精神。因此，我們希望把臺北市內各大神廟的主祭神移駕至小巨蛋，在這個主題區內，展示給參觀者欣賞。」

「所以是Buffet的概念囉？」沉默許久的王暉，擅自下了註解：「一次看到飽。」

劉致中斜眼瞪了王暉一眼，暗示他此時不用出聲刷存在感。

Sandy接著說：「為此，我們特別發函給各大廟宇，要求他們在活動期間將主祭神借調給觀傳局，讓我們在小巨蛋內進行展覽。對於此要求，某些寺廟表明了拒絕之意，所以，才會造成『宗教之美』的策展進度陷入了落後的窘境……」語畢，現場一陣沉默。

安靜了數十秒後，吳志耀開口：「那些不願配合的廟宇，我想應該都有他們的理由或苦衷才是。但，我們身為公家單位，日常公務就已經忙到不可開交了，實在也無暇再去跟他們做多餘的溝通與交涉。畢竟，我們領的可是人民的血汗錢啊！」此時，他的眼神不經意地飄向劉致中，說：「劉先生，貴司身為協辦單位，負責活動的行銷與宣傳，我想，你們是不是也應該擔起責任，幫忙居中協調呢？」

「呃，這個嘛……」面對吳志耀這顆突如其來的快速指叉球，劉致中的揮棒速度顯得有些措手不及。

「我們彼此都想把這個活動辦到盡善盡美，共創雙贏的局面，是吧？如果因為某個小小的瑕疵，而造成什麼遺憾的話，屆時，該由哪一方來扛這個責任呢？是我們觀傳局嗎？還是你們『飛揚運動行銷』呢？」吳志耀微微揚起嘴角，提點道：「劉先生，為了公司的發展，你可得好好深思啊。」

吳志耀這麼一說，瞬間讓劉致中的眉頭緊皺、表情艱澀。他遲疑了三秒後，回應道：「是，我知道了。這事就交給我們來處理吧。」

「啊！」王暉轉頭望向劉致中，露出了不可置信的表情。

「太好了、太好了。」龍心大悅的吳志耀，拍了拍劉致中的肩膀，「我對你們有信心，相信你們一定可以圓滿達成任務的。」說完，他轉頭望向Sandy，吩咐道：「妳把那張『黑名單』交給劉先生，之後定期向他追蹤協調進度。」

「是。」Sandy答道。

*

回程的車上，氣氛甚是沉重⋯⋯。

「沒想到你就這樣扛下來了，會不會太有勇無謀啊？」王暉打破沉默。

「要不然哩？」握著方向盤的劉致中，口氣很是無奈，「應該怎麼做？你倒是教教我啊。」

「與其浪費時間在這些鳥事上，倒不如趕快去接觸其他球團，打探加盟的可能性。」王暉語帶責備地說：「媽的，當這什麼鳥代言人，真是夠了！」

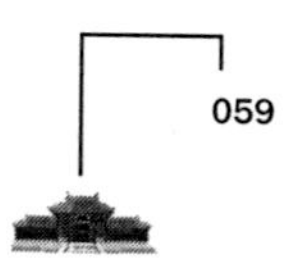

前方的十字路口閃起黃燈，劉致中的右腳從油門滑移至煞車踏板，緩緩踩下。車身停在白線前方後，他轉頭望向王暉，道：「這個世界不會因為你而有任何改變，唯一能變的，只有你的心。」他板起臉，正言厲色地再說：「如果不想幹的話，隨時可以下車。」

第八章

近幾年來，「飛揚運動行銷」在球員經紀這個領域上做出了點成績，除了以王暉為首的棒球外，籃球、排球，以及羽球等，也都以精準的眼光簽下許多深具潛力的年輕球員。這些體壇的潛力股們，在名氣逐漸響亮後，其衍生的商業價值，也著實為公司帶來了可觀的利益。

就目前的狀況而言，似乎單靠球員經紀便足以讓公司賺錢，獲得穩定的收入。但是，臺灣的運動市場畢竟有限，若想讓公司持續成長並壯大規模的話，就勢必得殺出第二條血路才行。於是，從數年前開始，公司便著手調整經營方針，由單純的球員經紀，逐漸轉型為全方位的行銷公關公司。

兩年前，劉致中得知「世界宗教博覽會」這個標案後，便傾全公司之力參與投標。最後，在他的主導之下，「飛揚運動行銷」從六間廠商中脫穎而出，獲得了觀傳局的一紙合約。

這次得標，讓劉致中的領導能力深獲公司高層的肯定。最後，若是這個案子能夠圓滿成功的話，他將可能因此獲得升遷的機會。這對於剛邁入不惑之年的劉致中而言，也算是在職場上辛苦打拼多年後，解鎖的一道小小成就。

但是，相反的，如果活動出現什麼瑕疵，而讓觀傳局不甚滿意、略有微詞的話，這影響的層

面將不是只有升遷化成泡影而已。這幾年公司為了轉型所做的努力，也將隨著活動的不完美而蒙上一層陰影。這陰影的影響範圍會有多大呢？會讓公司轉型失敗而回到原點嗎？亦或是讓同業譏笑「小孩玩大車」呢？

「不完美」所衍生的後果，劉致中連想都不敢想……。

於是，兩個沒有退路的男人，終究得回到同一臺車上，朝著同一個目的地前進。中年男子間的寂寥冷戰，在若無其事中宣告結束……。

「你先看一下這張『黑名單』吧。」劉致中將手中的A4紙，遞給了坐在副駕的王暉。

王暉攤開紙，看著上頭的字，念道：「晉德宮：助順將軍、青山宮：青山靈安尊王、祖師廟：清水祖師、龍山寺：觀世音菩薩、臺北天后宮：弘法大師……」念到一半後打住，他轉頭望向劉致中，不解地問：「這些神祇們，就是所謂的『黑名單』？」

「呵。」劉致中笑了一聲，「你也覺得莫名其妙是吧？」

「原來，我們的任務是跟神祇們交涉？」王暉以揶揄的口氣說道：「這差事可困難了啊！」

「白癡！當然不是啦。」

「你知道的，我這個人拙於言辭、不擅溝通，所以，交涉一事就由你來主導吧。」

「還需要你強調嗎，我當然知道。」劉致中開著車，再說：「不過，還是很謝謝你陪我來。」

「別誤會喔！我不是陪你，我是為了我自己。」

聽王暉這麼一說，劉致中不自覺地揚起嘴角。他內心想著，這傢伙終於認清自己的處境了，這是好事，是好事。「話說回來，你有從那張『黑名單』之中，看出什麼端倪嗎？」

「端倪？」王暉攤開紙，再度瀏覽一番。「這些寺廟當中，除了龍山寺之外，其他的我都沒聽過。所以，看不出什麼所以然來。」

「忘記你是個無神論者，問了也是白問。」

「你就明說吧。」

「名單中的寺廟，全部都集中在艋舺。就你的常理來判斷，這會是巧合嗎？」

「都在艋舺！」王暉張大眼睛，表情略顯驚訝，「該不會，因為艋舺人天生反骨、叛逆成性？」

「你這麼推論，我也無法說你錯。只不過，群起反抗一定有其原因，我認為應該不是巧合。」

「所以，必須先了解源由後，才知道如何調解吧？」

「沒錯。」劉致中心想，這傢伙終於進入狀況了。

「不過這可累了！這裡洋洋灑灑有十幾間廟，全部繞上一圈，至少得花上幾天的時間吧？」

「不，我可沒打算全部跑完。」劉致中這麼一說，王暉立刻以不解的眼神望向他。「我們沒有那麼多美國時間可以耗，有道是『射人先射馬，擒賊先擒王』，要抓就抓大咖的。」

「大咖？」王暉問道：「你的意思是？」

「祖師廟、青山宮、天后宮，以及龍山寺，號稱為艋舺的『四大廟門』。這四大廟門之中，無論規模、知名度，或是信徒數等，龍山寺都是位居老大的地位。所以，只要能夠成功說服龍山寺，我想另外三大廟門也會起而效尤，跟著配合的。而當四大廟門都被我們收服後，其他的小廟也鐵定會放棄那無謂的掙扎，像隻小貓似的乖乖就範的。」手握方向盤的劉致中，語氣之中充滿了自信。

「聽你這麼說，莫非……你認為龍山寺在帶頭作亂？」

「嗯。」劉致中點了點頭，說：「我是這麼推測的。」

「原來如此！」王暉臉上露出了恍然大悟的表情。「不過，就是借調一尊神像而已，哪來這麼多內心戲啊？」

「自古以來，龍山寺都是一間香火鼎盛，信徒絡繹不絕的人氣寺廟，以他們在宗教界的地位來說，或許根本不需要靠這種場合來博取知名度。所以，才會顯現出一副意興闌珊的樣子。」劉致中頓了一下後，再道：「不過這都是我的猜測而已，或許有其他的原因也不一定。總之，得先了解源由後，才知道如何在府方與寺方之間當個稱職的潤滑劑，及早打開這個僵局。」

「嗯嗯。」王暉點頭如搗蒜，「這就是我們今天直搗龍山寺的原因是吧？」

「是的。」

「不過，到了龍山寺之後，你打算找誰談？」

「龍山寺是透過財團法人營運的，既然是法人組織，就一定有所謂的董事長或執行長這號人物。今天我約的人，就是龍山寺的執行長——一個名叫棧龍的男人。」

民國六十年代末期，艋舺一帶的角頭林立，各幫派強據山頭，而劉致中口中的棧龍這個男人，就是在那個兵荒馬亂的時代中，崛起的一號人物。當年初出茅廬的他，率領一批年輕氣盛、血氣方剛的手下，在群雄割據的幫派鬥爭中脫穎而出，取得了寶斗里一帶所有妓院、賭場，以及阿公店等的經營權。

眼看棧龍得了勢，其他中小型幫派也紛紛「西瓜挖大邊」地帶槍投靠。在組織勢力越趨龐大後，棧龍順勢創立了艋舺第一大黑幫——昇龍堂。一時之間，他在艋舺成了「喊水會結凍」的教父級人物，風光至極。

然而樹大招風，民國七十三年，時任內政部長的吳伯雄宣佈執行「一清專案」，針對當時國內的主要黑幫老大進行掃蕩。在艋舺一帶呼風喚雨的棧龍，自然也成了被舉報的對象之一。於是，該年的冬天，他與來自全國各地的四千多位大哥一起被送至綠島，進行了為期數年的「深造」。這一蹲，五年光陰，就如流水般地消逝了……。

然而，熬了一千八百多個日子，好不容易從綠島「衣錦還鄉」後，棧龍赫然發現自己「回不去了」！

原來，這五年在群龍無首的狀態下，一幫毛頭小鬼靠著逞兇鬥狠拚大位。在爭權奪利的過程中，不時出現流血衝突，因而造成地方上人心惶惶、心驚膽落。有感於道上的生態不變，年輕一輩的倫理觀念蕩然無存後，棧龍便決定不再聞問江湖事，毅然決然放下屠刀，改邪歸正。

從良後，他帶著幾名仍對他忠心耿耿的小弟，在龍山寺旁的青草巷內，買賣藥草維持生計。同一時間，他也開始善用自己在艋舺地區的些許影響力，竭盡所能地行俠仗義、為善佈施。為了早日讓艋舺擺脫「色、亂、窮」的既定印象，他亦扮演起居民與民代之間的橋樑，三不五時地向議員或立委陳情，為地方爭取該有的利益與公共建設。

十年的時光過去，棧龍的義舉被艋舺居民廣為流傳，使得他在地方上的聲望達到高峰。就在此時，正逢龍山寺的執行長退位，他在眾人的聯手推舉下，便順理成章地成了龍山寺的新任執行長，在位至今。

「這麼聽來，真是個傳奇人物呢！」王暉嘖嘖稱奇。

「他的確是個傳奇，這種人生歷程，幾乎可拍成電影了。」

「以他的歲數來看，應該算是我們的父執輩了吧？」

「沒錯。」劉致中點了個頭，說：「他老人家走過的橋，可能比我們走過的路還多。所以，等會兒講話可別失禮了。」

「反正由你主導一切，我在旁邊當個人形立牌就好。」

「呵。」劉致中冷哼一聲，「看來你已經逐漸習慣這個角色了。」

「我本來就是個內向、文靜，不善言詞的人，所以能把這個角色扮演得恰如其分。」

「還內向、文靜哩！」劉致中不禁笑出聲來：「哈哈哈……」

「好啦，言過其實了。」王暉的臉頰泛紅，瞬間害臊了起來。「不過話說回來，我不是個無神論者喔，你別再誤會我了。」

「你不是？」劉致中一臉狐疑。「那你心目中的『神』是？」

「鈴木一朗。」王暉答得鏗鏘有力。

第九章

鈴木一朗從右外野緩緩跑回休息室，全場球迷起立鼓掌、熱烈歡呼，他脫帽致意並接受這屬於他的榮耀時刻。這個世代的棒球之神，即將在今晚卸下球衣，結束二十七年的傳奇生涯。他那優雅的舉止，就像旋起衣襬與掛穗，展露傲然風骨的日本武士，即便到了最後一刻，仍然深深地媚惑著我們……。

「姿態翩翩的日本武士，會在壽終正寢後，仍眷戀著他的武士刀嗎？」戴仍兆關掉廣播，將檔位滑入P檔，拉起手煞車。「如果不會的話，為何要賴著不走呢？」將車子熄火後，他從排檔桿前方的零錢盒內，拿出兩個五十元銅板。

「你們日本武士的風骨氣節，還真令人摸不著頭緒呢！」戴仍兆轉頭面向後座，說：「我要去吃晚餐了，半個小時後回來，這段時間你可以去附近晃一晃，散個步。」他頓了下後，再道：「整天窩在車裡會悶壞的，至少出去吹個風吧。」語畢，車內仍是理所當然的一片死寂。

「只有三十分鐘，我回來後立刻走人。」關上車門前，他再提醒道。

那天離開龍山寺後，戴仍兆陷入了歇斯底里的情緒中，幾度無法自拔。具體說來，因為後座「那個人」的關係，他被一股未知的恐懼感所籠罩，導致他負能量爆棚，出現疑似幻聽的症狀。

某個午夜，就在半夢半醒之間，他的耳旁突然傳來一陣輕言軟語：「伊蝶、伊蝶、亞美蝶——」「伊蝶、伊蝶、亞美蝶——」不諳日語的戴仍兆，直覺這句話很是熟悉。於是，他前往行天宮前的地下道內，找了一位自稱可解夢的算命仙。

「老師。我聽到的，應該是日語沒錯吧？」

老師的手指搓動兩下，彎眉撇嘴，一臉的高深莫測。「嗯嗯，他，可能想傳達某個意念……」

「真的嗎？」戴仍兆瞪大雙眼，問道：「他想告訴我什麼？」

「……」老師靜默不語，似乎正在感應中。

「果然我猜得沒錯，他不是要教我認識蝴蝶。」戴仍兆自言自語道。

手指又搓動了兩下後，老師闔上眼，緩緩地說：「根據我的感應，他想傳達的，應該是他此時此刻的心境……」

「心境？」戴仍兆心想，難不成就如同吉哥說的，他的精神狀況不是太好？

「沒錯。」老師再次信誓旦旦地說：「就是心境！」

「所以，他的心境是？」戴仍兆皺起眉頭，露出一副不解的神情。

突然，老師的五官扭曲成一團，以極度哀怨的表情，似哭非哭地喊道：「好痛、好痛、請停止——」「好痛、好痛、請停止——」

「好痛、好痛、請停止？」戴仍兆跟著覆誦道。「老師。其實他是一個日本人，死後一直賴在我車上……」

「我知道。」

「你知道？」

「對，我知道。」

「你怎麼知道？」

「幹！要不然我混假的啊？」

「不好意思，失禮了。」戴仍兆欠身點頭，表示歉意。「那，有沒有什麼方法可以化解呢？呃，我的意思是……那個……」

「趕走他？」老師聽出了戴仍兆的意圖。

「對，我想趕走他！」戴仍兆吞了口口水後，有些激動地說：「他的死根本與我無關，不知道為何一直賴在車上不走？我真的快受不了了……」

老師抿起嘴，望著情緒不甚穩定的戴仍兆。約莫三秒後，他開口：「我想，問題可能出在你的姓名……」

「啊！」戴仍兆一臉錯愕。「我的姓名？」

「嗯。」老師彎起眉，再度露出一副高深莫測的表情。「你的名字是個大問題！」

「大問題！怎麼會呢？」戴仍兆說道：「這名字，是我退伍後請算命仙算的。算命仙說，改了這個名字後，會對我的事業運有所幫助。」

「當初，那個算命仙是怎麼解釋的？」老師問道。

「他說，我的事業需要貴人不斷地照應，才有可能飛黃騰達。因為時時刻刻都要有人罩，所以建議改名為『待人罩』。」

「膚淺！」老師大聲吼道。「取名字要面面俱到，最忌顧此失彼，若因頭緒繁多，而無法兼顧全面的話，將可能招致嚴重的災難……」說完，老師正眼望著戴仍兆，道：「你，果真災禍上身了！」

「靠……靠杯哩！」戴仍兆被嚇得滿臉驚恐，「老師，你……不要嚇我啦！」

「此話絕非戲言。」老師正言厲色地說。

「怎……怎麼會這樣！我的名字到底怎麼了？有什麼問題啦？」戴仍兆的眼角泛出淚光。

此時，老師突然改以臺語說道：「『載人走』，你攏講愛載人走啊，當然著合你走了啊……」

太過劇烈的衝擊，讓戴仍兆有足足一個月都像死屍般地待在家裡，無法出門工作。空轉了一個月的人生後，他終究還是得面臨殘酷的現實……。

「喂，請問是戴先生嗎？」

「呃，是，我是。」

「戴先生，我是房東太太啦。是這樣的，我好像沒收到上個月的房租耶，是發生了什麼事嗎？」

「呃，那個……可能是銀行的系統發生問題。」說話的同時，大腦一陣昏眩、心臟怦怦亂跳，戴仍兆知道這是血壓飆高的徵兆。「我……明天……會立刻聯絡銀行的。」

「喔。呵呵呵……」房東笑出聲來，這是發自內心的喜悅之情。「沒事、沒事，我早就知道戴先生一定會按時繳交房租的。那就不打擾您了，您趕快休息吧。」

「幹！」掛上電話，戴仍兆嘟噥著：「瞧妳心急如焚的哩。」

不過，幹歸幹，他仍明白這就是現實，冷酷的現實。就如同邱吉爾說的：「你不面對現實，現實就面對你；你不面對困難，困難就找上你。」

換句話說，越是逃避現實就越倒楣，宅在家就必定招致厄運？不對吧！我明明就是在外奔波才惹上一身腥的不是嗎？我就是面對現實才被逼得必須逃離現實的啊！悟不出現實真諦的戴仍兆，窩在棉被裡翻來覆去，似乎只有待在這個暗黑的角落內，才能讓他暫時忘卻處在現實世界的現實。

三樣青菜加一支香腸，戴仍兆在自助餐店花了七十五元飽餐一頓。隨後，又用剩下的二十五元銅板，買了罐裝咖啡解油膩。對於現階段的他而言，酒足飯飽後的這一口咖啡，堪稱是苦悶生活中的唯一小確幸。

喝著咖啡的同時，戴仍兆緩步走回停車處，此時他內心想著，「那個人」每天都吃什麼啊？他身上有錢嗎？是不是該燒點什麼給他啊？客死異鄉就算了，竟還走得悄無聲息哩，真是夠可憐的了！

不過，惻隱之心僅維持了三秒。「不對！可憐的是我，自己都顧不好了，還管你死活哩！喔不，你已經作古了，沒有死活的問題。」戴仍兆像是解開一條一元二次方程式似的，感到一陣豁然：「呵，既然沒有死活的問題，就無需管你死活了。」

走到車門旁，他彎腰望向後座，喃喃自語道：「回來了沒啊？」隨後他直起身來，準備開車門，「沒回來就算了，反正已經告訴你集合時間了。」這時候，手機鈴聲突然響起，他看了眼來電顯示後，發現是吉哥！

「喂，吉哥。有什麼事嗎？」戴仍兆迅速接起電話。

「戴先生，你現在方便嗎？」電話那頭的吉哥，問道。

「方便、方便，你請說。」戴仍兆吞了口口水，屏息以待。

「是這樣的，他、他好像，託夢給我……」

「他，託夢給你……」戴仍兆擔心談話內容被後座的「那個人」聽到，趕緊用手摀住嘴巴，若無其事地走到旁邊。

「對。因為，我聽到疑似日語的腔調……」

「日……日語的腔調！」戴仍兆睜大雙眼，問道：「那，你聽到了什麼？」

「呃，其實，聽得不是很清楚。」吉哥頓了半晌後，再說：「但，我隱約聽到，伊蝶……」

「你說，伊蝶？」戴仍兆不自覺地拉高音調，再問：「然後，說了兩次嗎？」

「對對對，他說了兩次伊蝶！」

「伊蝶的後面是……」戴仍兆的音調拉得更高了，「亞美蝶？」

「對！你怎麼知道？」吉哥的語氣顯得驚訝莫名。隨後，兩人異口同聲地喊道：「伊蝶、伊蝶、亞美蝶——」

第十章

陳皓偉咬著牙，撐起疲憊不堪的身軀，一鼓作氣快步穿過馬路，來到Kevin的面前。「他是誰？」他以興師問罪的語氣，劈頭問道。

「你……」Kevin睜大雙眼，驚訝地問：「你怎麼，怎麼會在這裡？」

「我問你他是誰？」陳皓偉伸出手，指著剛才被Kevin親吻鎖骨的那個男人。

「他，他是我的客人。」

「客人？」陳皓偉氣到全身顫抖，眼角泛出淚光，「原來，你都是這麼對待『客人』的。」說完，他轉頭狠瞪那位「客人」。

被陳皓偉這麼一瞪，「客人」像隻小雞般地退到Kevin這隻母雞的身後，露出很是無辜的眼神。此時，Kevin以略顯不悅的語氣回應道：「喂，他是我們店裡的客人，你最好給我禮貌點。」

「對，我沒禮貌。」陳皓偉眼眶內的淚珠，不爭氣地滑了出來。「真是抱歉了。」

「我說過了，It's over！」Kevin露出一副不耐的表情，再強調道：「我們結束了。」

這句話，讓原本就隱隱作痛的大腦，變得更加劇烈。「呃，好不舒服……」強烈的不適感，從大腦內漫溢而出，「不要……不要這樣……啊……」

倏地睜開眼，陳皓偉的額頭佈滿汗珠，一臉驚恐狀。

瞳孔適應了四周圍的光線後，陳皓偉發現自己身在一個陌生的地方，他試圖起身探個究竟，但才稍微動了下身軀，便感到一陣頭暈目眩。於是，他又無意識地躺了回去。

不對，一切都不對！該怎麼說呢？室內的採光方位不對、床的柔軟度不對、吸入鼻腔內的氣味也不對。咦！說到氣味，這消毒藥水的味道有些熟悉……。瞬間，他的靈光一閃，知道自己身在何處了。

陳皓偉緩緩地移動雙手，確認有根針扎在左手背上，他的眼皮開啟一道隙縫，瞄向左前方。果不其然，一袋點滴懸掛在鐵架上。

這裡是醫院的病房，但，我為什麼會在這裡呢？陳皓偉闔上眼皮，腦袋不停地轉動著。他怎麼也想不起來自己是如何來到醫院的，一絲絲的記憶是，Kevin與客人之間的親密舉動……。那個畫面倏地映入眼簾後，他的腦神經就像插頭被拔掉似的，無法再傳輸眼前的任何影像到大腦裡。要不然，就是記憶卡在事後被誰給抽了出來，所以導致他的腦袋一片空白。

總而言之，此時的陳皓偉感到頭痛欲裂，無暇再去拼湊那散落一地的記憶拼圖。不然就先這樣吧……。突然，有人從門外走了進來。

陳皓偉聽到明確的腳步聲，由遠而近，來到了他的床邊。他感覺此人似乎沒打算要喚醒自己，因此，他緩緩地睜開雙眼，想要一看究竟。

啊！原來是梅姨。陳皓偉看她從環保購物袋內取出一個偌大的真空保溫瓶，將其放置在病床旁的小方櫃上。隨後，又拿出了香蕉、橘子、柳丁等的水果，櫛比鱗次地排列整齊。眼看梅姨絲毫未察覺到自己正在注視著她，於是，陳皓偉主動出聲：「梅姨，好久不見。」

「夭壽喔！嚇死我了。」專注於手邊工作的梅姨，被這突如其來的招呼聲給嚇了好大一跳。稍稍回過神後，她望著陳皓偉，喜出望外地說：「太好了，你終於醒了。」

「終於？」陳皓偉緩緩地立起身子，問道：「我昏睡很久了嗎？」

「你是在大前天的晚上被送進醫院的，所以，整整昏迷了兩天半。」梅姨悠悠地說。

「兩天半！」陳皓偉拿起手機確認，發現螢幕一片漆黑，狀似斷電許久。「不會吧！我不覺得有睡這麼久啊？」

「呵，你就是睡了這麼久。」梅姨篤定地說。

陳皓偉搔了搔自己的小平頭，仍是一副不可置信的表情。梅姨看著他，說：「醫生幫你看診後，判斷是疲勞過度引起的。」她沉吟了半晌後，再道：「好險，和心臟沒有直接的關係……」

陳皓偉在幼年的時候，被診斷出患有先天性的「心臟瓣膜閉鎖不全」。據說臺灣人當中，有五％到六％的人罹患這種疾病，但許多人終其一生都毫無症狀，大多是在健檢的時候，透過心臟超音波檢查才得知自己患有此症。

然而，陳皓偉似乎沒有這麼幸運。小學四年級的某次體育課，在打了一場激烈的躲避球後，他突然感到一陣胸悶與心悸。原本以為只是瞬間的不舒服，強忍一下就過了，殊不知晚上回到家後，這股不適感越發強烈，最後在極度痛苦的狀況下，他被父親送到了急診室。

醫生診斷後，判定陳皓偉患了「心臟瓣膜閉鎖不全」。當時，醫生是這麼告訴他父親的：

「這病症無法完全根治，僅能依靠藥物讓症狀稍微舒緩一些。但是，如果能避免情緒過度起伏，隨時讓心情保持愉悅的話，或許一輩子都不會發病……」

醫生說得簡單，對於天性多愁善感的陳皓偉而言，「隨時保持愉悅的情緒」正是人生至難的課題之一。

「呃，是誰？誰把我送到醫院的？」

「好像，是警察打電話到家裡的……」梅姨聳聳肩，露出一副不太確定的表情。「因為我已經下班了，所以也不是很清楚。總之，你父親接到電話後，就直奔到醫院來了。」

「嗯。」陳皓偉點點頭。他心想接到電話的父親，鐵定是驚呀莫名，「我爸，還好嗎？」

「呵。」梅姨突然噗哧一聲，「你莫名其妙出現在臺灣就算了，還昏倒在路邊哩！他啊，肯定是滿腦子問號。」

「哈哈哈。」聽梅姨這麼一說，陳皓偉自己也笑出聲來。

「你晚上得好好跟他解釋一番了。」

「好啦，我會好好跟他解釋的。」

「他今天好像有個重要的會議，所以一大早就先離開了。」

「喔，總統招集的嗎？」說話的同時，陳皓偉感覺昏眩感又湧了上來，他索性挪了挪屁股的位置，將後腦杓靠在枕頭上，讓自己舒服些。

「不曉得耶，祕書長沒有透露。」說完，梅姨轉身拿了幾顆柳丁，似乎想切給陳皓偉吃。

「不過，我有聽他嘟囔了幾句，說什麼想把你調回臺灣……」

陳皓偉聽了後，搖搖頭，撇嘴一笑，不以為然地說：「別鬧了！他以為他是誰啊？」

梅姨從櫃子內拿出水果刀，準備剖開手中的柳丁，「天下父母心，做父母的，都希望孩子可以過好日子啊。」

「拜託，我都幾歲了。」

「對於父母來說，你們永遠都是長不大的孩子。況且，你的身體又有問題……」

「別說了。」陳皓偉閉上眼，「頭有點痛，我想再睡一下。」

「不先吃點水果嗎？」才兩句話的時間，梅姨便已經把柳丁去皮並切成了薄片。

「妳先放冰箱吧，我醒來再吃。」陳皓偉側翻著身子，一副準備熟睡的模樣。

「嗯，好吧。要記得吃喔。」擦拭水果刀的同時，梅姨再說：「祕書長很擔心你，我等會兒趕緊傳個簡訊給他，告訴他你已經醒來了。」

「……」陳皓偉沒再回話。

闔上眼皮，躺了一陣後，方才夢境中的可怕餘韻再度湧現出來，縈繞在陳皓偉的腦海裡。隨著心跳速度越來越快，他知道，這下恐怕難以入眠了。

第十一章

何鎮堂帶著滿臉笑意，一腳跨進市長座車，跟在他身後的是觀傳局局長，吳志耀。兩人坐定後，車子緩緩起動，駛離了總統府。

「人生第一次踏進總統府，感覺如何啊？」何鎮堂望著身旁的吳志耀，問道。

「呃……這，該怎麼說呢？」平時口若懸河的吳志耀，這時候面對老闆的詢問，竟顯得有些口吃，「算是，解鎖了一道人生成就吧，呵呵呵……」

「呵呵。」何鎮堂跟著乾笑兩聲。

「不過話說回來，可先要恭喜市長您了，闇揆這個大位，就近在咫尺了呢……」

現任執政黨的政治明星——何鎮堂，於二十五歲時踏入政壇，從立委助理開始做起。在助理一職累積了數年的經驗後，他在黨內有計畫的栽培下，順利當選立委。

何鎮堂的形象正面清新，在年輕族群中擁有相當高的人氣。五年前的市長選舉，他代表執政黨出馬角逐，不負眾望地贏得了接近六成的選票，成為史上最年輕的臺北市長。

然而，一年前的連任之路，狀況卻顯得有些顛簸。何鎮堂因為政績平庸的關係，面對來勢洶洶的在野黨，其民調始終處於劣勢。選戰後期，眼看大勢已去之際，為求在空戰上取得優勢，他大膽起用了以吳志耀為首的青年助選軍，針對各種不利他的議題，藉由網路操作風向，試圖扭轉乾坤。投票前夕，這力挽狂瀾的一招發揮了功效，網路風向開始逐漸倒向他。最後，他以極其些微的差距擊敗在野黨，有驚無險地連任成功。

何鎮堂從公事包內拿出一臺平板電腦，在螢幕上滑了幾下後，遞給吳志耀，「你看一下。」

吳志耀接過平板後，映入他眼簾的是最新的總統民調數字。「哇！不會吧。」他瞪大雙眼，露出一副不可置信的表情，「只剩七％！」

「呵。」何鎮堂冷笑一聲，「看來是歷史新低了。」

吳志耀將平板遞還給何鎮堂後，嚴肅地問：「市長，總統的民調已經趴到地上了，此時擔任閣揆妥當嗎？會不會對您的聲望帶來什麼負面影響啊？」

「小吳。」何鎮堂轉頭望向吳志耀，反問道：「你知道，全世界最好欺負的人是誰嗎？」

「全世界最好欺負的人？」吳志耀皺起眉頭，一副不知所云的表情，「是誰啊？」

「就是——」何鎮堂揚起嘴角，悠悠地說：「民調只剩個位數的總統。」

「所以，市長的盤算是？」吳志耀搔搔頭，仍是丈二金剛摸不著頭腦。

「距離總統大選僅剩不到一年半的時間，這一年半，我打算好好大顯身手一番……」

「呃，市長的意思是？」

「哼。」何鎮堂冷哼一聲，「民調只剩七％的總統，基本上已是威望掃地、有名無實了。這個時候，我只要在施政上稍微有點建樹，讓人民稍微有點感覺……你認為，我是否有機會出線呢？」

「……」吳志耀的嘴巴微張，似乎明瞭了些什麼。

距離總統大選僅剩不到一年半的時間，這一年半的內閣，充其量只能稱作「過渡內閣」。就過往的經驗來說，各黨派對於過渡內閣的行政院長，大多會選擇對權力或仕途已無野心的黨內大老來擔任，大老的威望與經驗，對內可消弭各派系的雜音，對外則可穩定政經情勢，可謂是一張安全牌。

這次何鎮堂自行請纓接任閣揆，美其名是想發揮五年的市政經驗，協助總統度過這段空窗期，以期在政權交接之前，讓國家機器不至發生空轉。但，為了一年半的閣揆大位，而放棄還有三年任期的臺北市長，這對於政治前景一片光明的何鎮堂而言，無疑是一步險棋。況且，現在總統的地位宛如過街老鼠，對於絕大多數的黨內人士而言，他就像是瘟神，別說是接任閣揆了，就連同框拍照都避之唯恐不及呢！

所以，何鎮堂到底在盤算什麼——

原來，在經歷了上一次的連任選舉後，他深刻體認到民意如流水的現實。今天的民調，不等同明天的選票，時時洞察風向、時時順風而行，才是現代政治的王道。因此，他打算親自掌握行政大權，在這有限的一年半內，把社會風向當作施政的基本方針，選在適當的時機撒點糖、打個傘，讓自己的民調維持在一定的水平線上，藉此爭取出線，成為總統候選人。

何鎮堂的想法，有別於一般政客「瓜熟蒂落、水到渠成」的老派思維，他認為從政就像玩股票，獲勝的樞紐在於洞燭機先，精確掌握轉折點，根據市場變化決定出、收手的時機，才是能否獲利的最大關鍵。

「是，市長說得是，說得有理。」吳志耀恍然大悟地呼應道：「民調就是政治人物的成績單，不事先瞭解出題方向的話，怎麼可能考取好成績嘛！」

「呵。」何鎮堂又是一聲乾笑。「你要學的東西還很多，屆時跟我一起入閣後，再好好傳授你個幾招吧。」

「市……市長……」吳志耀聽到關鍵字，講話再度出現口吃，「你說……我跟你……入閣？」

「廢話！難不成你以為今天真的是來參觀總統府的嗎？」何鎮堂沒好氣地說。「你的強項不就是行銷和文創嗎？入閣後，我打算把文化部交給你掌管，未來，你可就是吳部長囉……」

從天而降的彩券，瞬間讓吳志耀中了頭獎，內心爽歪歪的他，不斷欠身鞠躬，向何鎮堂表達最誠摯的感謝之意。「謝謝市長的提攜與抬愛，我一定會好好努力，不會辜負您的期待。」

「好啦，客套話就免了吧。」何鎮堂收起笑容，語氣轉趨嚴肅地問道：「關於博覽會的進度，目前都還順利嗎？」

「您指的是，『世界宗教博覽會』是吧？」瞬間，吳志耀的眼神散發出光芒，「在此向市長您報告，『世界宗教博覽會』是臺北市的年度盛事，所以局處內的同仁們，每個人都如履薄冰、戰戰兢兢地籌備中。現階段，我們的策展進度非常順利，請市長不用擔心。」

「嗯，你這麼說我就放心了。」何鎮堂點點頭，「畢竟，這是我市長任內的最後一項重要政績，我希望在參加完剪綵儀式後，就在鎂光燈的簇擁下，風風光光地入主行政院……」

「是，絕對沒問題。」吳志耀斬釘截鐵地說：「這個博覽會，就當是我獻給市長您，榮升閣揆大位的賀禮。」

「哇嗚……瞧你這個嘴臉，真是越來越了不得了呢！」說完，兩人不約而同地大笑出聲，「哈哈哈——」

笑聲漸歇後，何鎮堂突然想起一事。「對了，有件事忘記告訴你。」

「什麼事？」

「陳唐崧的兒子在外島當兵，最近準備調到市政府來服替代役。我打算安排他兒子到你的單位，屆時你再好好關照一下。」

「祕書長的兒子？」剛才會議結束後，陳唐崧找何鎮堂竊竊私語了一番，吳志耀這才知道是在討論他兒子服役的事。

「那個老傢伙平時個性耿直，真沒想到會來找我關說。呵。」何鎮堂冷笑一聲，再道：「說什麼兒子有先天性的疾病，擔心他在外島出事。我操！廢話一大堆，還不就是想讓兒子當爽兵、過爽日子。」

「市長說得是。呵呵。」吳志耀跟著陪笑兩聲，說道：「但，祕書長畢竟是政壇的前輩，我還是會好好照顧他兒子的。不過話說回來，他的年紀也一大把了，是不是該退休了啊？」

「他啊……」何鎮堂露出一副甚是嘲諷的表情，「只是一隻在總統府瞻前顧後的看門狗，明年總統卸任後，老狗無用武之地，當然就得告老還鄉啦。」

第十二章

斑白的鬢角，以及無數條細紋刻畫出的滄桑臉龐，都讓人感受到他飽經風霜的過往——劉致中與王暉見到棧龍後，同時湧起了相同的感覺。

來到龍山寺，兩人被棧龍帶到會議室內。坐定後，在劉致中表明來意之前，棧龍便先以略顯沙啞的口音問道：「想必兩位是來當說客的，是吧？」他揚起嘴角，不以為然地再問：「你們兩位，為什麼要接下這個吃力不討好的工作呢？」

「報告棧先生，我們是觀傳局的協力廠商，負責活動的行銷與宣傳。所以，有義務來跟您進一步溝通，了解貴寺的難處為何。」劉致中畢恭畢敬地說明道。

「難處？」棧龍皺起眉頭，「劉先生是不是誤會什麼了？我們龍山寺沒有任何難處啊！」

「呃……如果沒有的話，為什麼不願意出借神像呢？」這問題，劉致中問得膽顫心驚。

「對方提出要求，我們就非得配合嗎？」棧龍反問道。

「不是這個意思。我們想了解的是，你們為什麼要拒絕呢？就我所知，大多數的廟宇在收到公文後，都表達了很高的興致，所以……」

「所以，無法理解我們的想法是吧？哼。」棧龍冷哼一聲。

「嗯。」劉致中點了點頭。

「劉先生。」棧龍凝視著劉致中，道：「我們艋舺人啊，本來就不是個乖孩子，從以前到現在都不是。所以啊，不聽話是很正常的。」說完，棧龍逕自笑了兩聲：「呵呵。」

棧龍這麼一說，霎時讓劉致中不知該作何回應。此時，王暉開了口：「但總有理由吧！難不成是為了反對而反對？」劉致中用手肘頂了下王暉，暗示他口氣不要太衝。

「好。既然如此質疑我，我倒想先反問兩位，對於龍山寺的了解程度有多少呢？」棧龍看了兩人一眼後，說：「要不然，先就歷史背景的部分，簡單說明給我聽吧。」

這突如其來的考題，著實問倒了劉致中與王暉，只見兩人尷尬的面面相覷，一個字都吐不出來。得不到任何回應的棧龍，不禁調侃道：「呵。看來兩位是毫無準備就來了，現在年輕人做事，都像你們這般魯莽嗎？」

「這……」王暉試圖想反駁些什麼，卻一句話也說不出來。身旁的劉致中，則是對自己的準備不周，感到有些懊悔。

望著氣勢頓挫的兩人，棧龍緩緩地說：「西元一九四五年，美軍空襲臺北城，老美把龍山寺的大殿誤認為總督衙門之地，一股腦地投彈轟炸。炸完後，龍柱崩塌、楹樑俱裂，你們剛才經過的大殿，被當時的惡火焚燒到滿目瘡痍，幾近全毀。」他嚥了口口水後，再道：「隔天，附近居民來收拾殘骸的時候，赫然發現端座於蓮臺上的觀世音菩薩，僅有臉部被燻黑，其軀體樣態竟毫髮無傷……」

「靠！」王暉不經意地驚呼出聲。

「過往，艋舺居民每遇空襲時，總是相偕躲在龍山寺大殿的神桌下，尋求菩薩之庇護。但，那次的空襲，卻無人前來……」棧龍望著兩名年輕人，問：「你們知道是什麼原因嗎？」

「不知道！」兩人同聲回應。

「哼，你們會知道才有鬼哩！」棧龍冷哼一聲後，解答道：「遽聞，乃菩薩顯靈得知龍山寺大難將至，因而迫使居民腹瀉不得前來！」

「哇……」王暉睜大雙眼，「有沒有這麼神啊！？」

「當然有！」棧龍正顏厲色地說：「對於艋舺人而言，龍山寺是個聖地，包含觀世音菩薩在內的所有天神地祇，都是我們精神與心靈上的最大寄託。祂們不是展覽品，也不是小丑，無需拋頭露臉討人歡心。」

或許是震懾於棧龍的銳利眼神，頓時兩名年輕人安靜的像隻貓，一聲都不敢吭。這時候，棧龍將一紙公文扔到兩人面前，說道：「從這張公文的內容就可以得知，觀傳局的處事態度就如同你們兩位一樣，輕率魯莽、高傲自大！」

劉致中伸出那微微顫抖的右手，拿起公文，端詳其內容。一旁的王暉，也把頭給湊了過來。

受文者：財團法人臺北市艋舺龍山寺

發文日期：民國**XXX**年**X**月**X**日

發文字號：北市觀產字第1135014867號
速別：普通件
密等及解密條件或保密期限：無
附件：文宣海報、配合事項
主旨：
本局為宣揚宗教之力量，增進人民對世界宗教的認識，將於民國XXX年四月五日至五月五日期間，於臺北小巨蛋舉辦「世界宗教博覽會」。相關的配合事項，請查照如下之說明：

一、旨揭活動期間請將主祭神像借調給本局，本局將於展覽期間，將貴單位之主祭神像擺置於臺北小巨蛋的「宗教之美」展區內，進行為期四週的展示。

二、本局期望透過博覽會之形式，讓參觀者親身體驗各種宗教的教義與精神，用愛與包容促進各種宗教之融合，讓未來不再因宗教而發生衝突或戰爭等的悲劇。

三、本局衷心期盼貴單位共襄盛舉，展覽期間所帶來的不便之處，還懇請見諒。

*

黃昏時刻的夕陽餘暉倒映在河面上，映射出微黃的光暈。白鷺在河岸邊踏起正步，水面下的魚群們，驚慌失措地到處亂竄。迎面襲來的徐徐微風，夾雜著淡淡青草香，輕輕吸上一口，便足以讓人神清氣爽。

劉致中與王暉，來到了馬場町公園的堤岸邊。比肩而坐的兩人，其身軀在夕陽的照射下，拉出了長長的影子。

「這張公文到底有什麼問題啊？」王暉逐字朗誦多次，仍是丈二金剛摸不著頭緒。「就是一張極其普通的公文嘛，有必要氣成那樣嗎？」

一旁的劉致中沒有回話，他正用Google搜尋著龍山寺的相關資訊，企圖從一些蛛絲馬跡當中，推敲令棧龍火冒三丈的原因。

「操！不爽借就明講嘛，火大個什麼勁啊！」王暉仍是吱吱喳喳個不停。

「你嘴巴動個不停，不會口渴嗎？」劉致中開口。

「我講句公道話，這張公文清楚地傳達了活動的目的，且語氣不失禮數，無論怎麼看都很正常。我認為那個老傢伙只是在倚老賣老、裝腔作勢而已。」

劉致中放下手機，揉揉雙眼，仰起頭說：「我想，我大概知道原因是什麼了。」

「你知道了？」王暉轉頭望向劉致中。

「嗯。」劉致中點了個頭，道：「問題出在『主祭神』這三個字。」

「主、祭、神？」王暉滿臉疑惑地再問：「這三個字有啥問題？」

「根據我搜尋的結果——或許，龍山寺並沒有所謂的『主祭神』。」

「啊！」王暉瞪大雙眼，「那，觀世音菩薩算什麼？他剛才不是說觀世音菩薩是他們的精神寄託嗎？」

「雖然自古以來，大殿的主祭神均為觀世音菩薩，但是龍山寺供奉的神祇涵蓋了佛、道、儒三個神教，以及民間的有功之士與開山先賢等。因此，對於老艋舺人來說，或許這些神祇們的重要性都是等同的，並沒有主副祭之分。況且，他剛才只是舉菩薩顯靈的例子而已，並未提到觀世音菩薩就是主祭神。」

王暉聽得瞠目結舌，一副似懂非懂的模樣。

劉致中拿起手機，看著螢幕再說：「就以後殿來說，他們供奉了註生娘娘、華佗仙師、文昌帝君，以及負責姻緣大事的月下老人等神祇……」他抬起頭，看著王暉，「簡單說來，為了滿足人世間各式各樣的需求與寄託，龍山寺並未拘泥於特定的教派。因此，就沒有所謂的『主祭神』。」

「所以是自助餐的概念囉？選擇自己中意的菜色，然後夾到盤子裡？」王暉擅自下了結論後，再說：「那，現在該如何是好？請觀傳局刪掉主祭神這三個字，重新再發一次公文嗎？」

「現在的問題是，龍山寺沒有感受到觀傳局的誠意。所以，即便再發一次公文，我認為寺方也不會接受的。」

「唉，那就麻煩了。」

「總之，我得再去一趟觀傳局，向吳局長回報目前的狀況。」

「嗯，也只能這樣了。」

突然，劉致中的話鋒一轉，「對了，今天早上公司傳訊息給我，說東山建設想了解你的合約狀況。」

「這……真的嗎？」一聽到這消息，王暉的眼神瞬間噴射出光芒，那閃閃發光的雙瞳，宛如少女漫畫中的人物。

「嗯。我會先去了解對方的想法，如果有什麼消息的話，再告訴你吧。」

此時，迎面而來的一股清風，撲打在王暉黝黑的臉頰上。他不自覺地閉上雙眼，深呼吸一口氣，享受這甜美的剎那。

第十三章

三個大男人擠在狹小的汽車後座內，著實有些擁擠。戴仍兆與「那個人」坐在兩側車門旁，吉哥則是夾在兩人的中間。

「『伊蝶、伊蝶、亞美蝶』這句話，他是以一種近乎呻吟的音調喊出來的，我聽了之後，整個毛骨悚然……」吉哥心有餘悸地說。

「對對對，我聽到之後，也是心臟怦怦亂跳，整晚無法入眠。」戴仍兆心有戚戚焉。

「所以，我認為有必要再跟他好好談一下，了解他到底受了什麼委屈。或許他是因為死不瞑目、抱憾終生，所以才一直賴在你車上的。」

「說得有理！」戴仍兆大聲呼應道，「當我知道他也去找你的時候，我就有這種感覺了。如果我沒猜錯的話，他應該是想找人訴苦……」

「嗯嗯。」吉哥點了點頭，表示同意。「既然英雄所見略同，我們就好好地再跟他談一下吧。」一說完，他從公事包內拿出即時翻譯機。

吉哥透過翻譯機，詢問他前來託夢的原因。但，對於吉哥的問題，「那個人」卻顯得吞吞吐吐、支吾其詞。這樣的態度，讓吉哥與戴仍兆感到有些困惑。

「這就奇怪了！既然不想說，又何必來託夢呢？」戴仍兆不解地問：「託夢的目的，不就是來尋求協助的嗎？」

「我想，可能是日本人生性拘謹，較難在一時半刻之間，毫無罣礙地剖開自己的內心世界。」吉哥再分析道：「也或許，那是他內心深處最陰暗的角落……」

「你告訴他要敞開心胸。」戴仍兆伸長脖子，朝著「那個人」喊道：「open your heart！」「ok？」

「別這樣！」吉哥制止道，「不要逼迫他。讓我用開導的方式，慢慢打開他的心房，心房開了，才有機會讓他吐露內心話。」

「還是我先出去一下，讓你們兩位促膝長談。」戴仍兆提議道。

「嗯。」吉哥點頭，說：「我感覺他好像有點怕你，或許你離開一下會比較好。」

「他媽的，該怕的人是我吧。我怕死啦！」嘟噥了兩句後，戴仍兆跨出車門，逕自往後方走去。

站在車子後方的戴仍兆，雙手交叉，腳踩三七步，透過玻璃窗注視吉哥與「那個人」的互動。根據他的觀察，他發現自己離開後，吉哥臉上的線條似乎變得比剛才更為柔和，語調也更趨輕緩。莫非，這是「動之以情」的手段？

戴仍兆的父母在他懂事前便離異了，隔代教養的他，是由外婆一手帶大的。小時候住在外婆家時，他總是跟一位鄰居的大哥哥一起玩耍，那位大哥哥會陪他玩躲避球、去溪邊抓魚，還會教他騎腳踏車。當時，騎車技巧還不夠成熟的戴仍兆，曾多次在田邊小路摔個狗吃屎。每每當他「犁田」時，那位大哥哥總會伸手扶他起身，拍拍他的屁股，鼓勵他再接再厲。此時，看著吉哥的眼神，他的腦中突然閃過那位大哥哥的臉龐……。

瞬間回過神後，戴仍兆發現吉哥的右手，不斷地做出疑似輕撫頭髮的動作。而他的頭，則是向左轉了四十五度，狀似正看著他撫摸的物體。從這個動作來推斷，「那個人」正像隻溫馴的小貓般，依偎在吉哥的左肩上，讓吉哥用他的溫柔，輕輕撫慰自己受創的心靈。此時此刻，吉哥眼神所釋放出的溫度，似乎已超出了大哥哥呵護小弟弟的那條界線……。

從戴仍兆的角度看過去，吉哥的嘴唇，好幾度都情不自禁地差點「督」了上去。這場景映入眼簾後，他的腦袋中，突然浮現出大導演李安的一句經典名言：「人人心中都有一座斷背山，只是你沒有上去過。往往當你終於嘗到愛情滋味時，已經錯過了，這是最讓我悵然的……」

「恁老師勒，現在是在演哪一齣？」瞪大雙眼的戴仍兆，喃喃自語道。此時他感到有些茫然，不知該如何是好。是要立刻衝進去，宛如捉姦在床般地打斷他們嗎？還是，讓他們繼續「溫存」下去呢？「媽的，要親熱是吧？要不然我載你們去摩鐵吧。」他不禁嘟囔道。

就在這個時候，吉哥突然轉過頭來，與戴仍兆四目相交。他以眼神向戴仍兆示意差不多要結束了。隨後再轉頭回去，嘴巴靠近「那個人」的耳畔，輕聲軟語幾句，似乎在話道別……。

吉哥出來之後，以一副哀怨的表情說：「好可憐，他真的好可憐啊！」

「他到底怎麼了？需要你如此深情地撫慰他……」戴仍兆不以為然地說。

「他啊，被騙慘了！」吉哥不捨地說：「所以我試著安慰他，平撫他受傷的心靈。」

「被騙！」戴仍兆頓了一下，問：「騙財？還是騙色？」

「唉……」吉哥嘆了口氣，回答道：「都有。」

「靠腰勒！這種歐吉桑被騙色？」戴仍兆翻了個超大的白眼，調侃道：「我也好想被騙啊，怎麼都沒人來騙我！我比那個歐吉桑還要年輕貌美，秀色可餐的勒……」

「不要這樣！死者為大，請你放尊重點。」吉哥正顏厲色地說。「他真的很慘。看他說話時的表情，我……好不捨……」

「好！那我直接切入重點。」戴仍兆以一副正經八百的語氣，問道：「現在你打算怎麼辦？告訴我。」

「我想，幫他討回公道。」吉哥斬釘截鐵地說。

這個回答，瞬間讓戴仍兆啞口無言，他懷疑自己的耳朵是不是聽錯了……。

第十四章

「外島下基地不需要移防，大家只要把本質學能練好就可以了。身為陸軍，打靶是所有戰技中最重要的項目。連長希望各位弟兄珍惜每一次扣扳機的機會，透過不斷的練習，提升射擊穩定性，全力以赴取得最佳成績。知道嗎？」

「知道——」雄壯的回應聲，響徹在中山室內。

「很好。」連長露出了滿意的表情。「過完年後，臺灣的鑑測官就要過來了。我們的時間所剩無幾，明天很可能是下基地前最後一次上靶場，所以，希望各位能以最佳狀態迎接明天的練習。可以嗎？」

「可以——」

「工欲善其事，必先利其器。希望各位利用就寢前的兩個小時，澈底地保養自己的槍枝，特別是槍機的部分，該上油的地方就上油，改擦拭的地方就擦拭，千萬不要讓你的夥伴出現污漬或鏽斑，進而影響你的成績。」連長轉頭，望向身旁的排長與值星班長，吩咐道：「我離開一下，這裡就交給你們兩個了。」

「是，連長。」

「第一步：取下彈匣；第二步：解開槍背帶；第三步：取下傳動機構總成……」陳皓偉默念著步槍的分解步驟，準備著手進行拆解。「陳皓偉。」此時，他赫然聽到連長在呼喚自己。

「你出來一下。」連長揮手，示意陳皓偉出來門外。「你的槍請旁邊的弟兄保養。」

「是。」陳皓偉站起身來，大聲呼應道。

「交給我吧，你趕快出去。」身旁的江威德聽聞後，立刻把陳皓偉的槍給拿了過去，

「謝啦。」陳皓偉輕聲道謝。

踏出中山室，一股凜冽的寒風襲來，樹葉簌簌地響，陳皓偉忍不住打了個哆嗦。看他似乎耐不住寒，連長提議道：「走，咱們去連長室吧。」

進到連長室，裡頭果然溫暖許多。連長一屁股坐上辦公椅後，示意陳皓偉坐到他的床上。

「皓偉，防衛部的人令下來了，你準備回臺灣吧。」

「啊！」陳皓偉的驚訝之情溢於言表。原來，父親以他的身體狀況為由，向國防部提出改服替代役的申請。但，陳皓偉壓根不想回臺灣，也無意改服替代役。為此，收假前和父親起了些口角。

原本以為吵了一架後，父親應會知所退讓，讓他繼續留在外島服役。結果，人令竟然就這麼下來了……。

「這……確定了嗎？」

「人令都下來了，當然是確定的啦。」連長揚起嘴角，再說：「恭喜你躲過了下基地，我想其他弟兄一定很羨慕你吧。哈哈哈……」

神情呆滯，眼神有些失焦的陳皓偉，一時之間不知該作何回應，只能任憑連長的笑聲在耳邊迴盪。

「你明天就留在營區內整理行李，不用上靶場了。」笑聲停歇後，連長指示道。

*

每個人都睡得好熟，寢室內呼聲四起，凌亂且高低起伏的音頻，宛如一首無規則的交響樂曲。不過這也難怪，打了一整天的靶，疲憊不堪是必然的。此時，唯一清醒的人就只有陳皓偉，已在床上躺了數小時的他，仍然毫無睡意。

睡在上鋪的陳皓偉，透過頭頂上的一扇氣窗，仰望著懸掛在黝黑天空上的皎潔月色。迷濛月光下，層層清雲、如煙似霧，他的臉上卻是藏不住的徬徨。

這些日子以來，除了對凜冽刺骨的寒風仍感到無所適從外，基本上陳皓偉已經完全適應了連隊的作息。在這裡當兵，能讓他暫時忘卻煩惱，以平靜無波的心情度過每一天。回到臺灣後，還能夠如此嗎？他內心這麼問著自己。

「啊！」突然，他感覺腳底發癢，迅速把腿縮進了被子裡。似乎有人在搔他的腳底板，他起身一探究竟，「誰？是誰啊？」

「是我啦。」江威德踮起腳尖，探頭出來。

「靠！你想嚇死我喔。」陳皓偉一臉驚恐。「都差點漏尿了。」

「你才沒禮貌哩！明天就要走了，竟然連聲招呼都不打。是怎樣？打算不告而別嗎？」

江威德這麼一說，讓陳皓偉慌張了起來，連忙解釋道：「不是啦，我沒有不告而別。只是，事發突然，唉……我也不知道該從何說起啦！」

「喂，超不夠意思的耶，至少也該知會我一聲吧。」江威德語帶責備地說。

「有啦，我有打算告訴你。只是，還找不到適合的時機嘛。」此時，陳皓偉突然覺得事有蹊蹺，問道：「等一下。為什麼你會知道我要調回臺灣的事？不可能是連長告訴你的吧？」

「呃……這，這個嘛……」這記回馬槍，瞬間讓江威德支吾其詞。被逼急的他，回應道：「因為……因為參一是我的同梯，他告訴我的啦。」

「咦！那就更奇怪了。為什麼他要告訴你這個事情？況且，為何只告訴你一個人？」陳皓偉滿臉狐疑地再問道。

眼看陳皓偉一副準備追根究底的模樣，江威德只好從實招來：「唉呦！是我自己問他的啦。」

「你問他？」陳皓偉蹙起眉頭。

「對啦。因為想跟你一起回臺灣，所以向他打聽你下次的返臺假是什麼時候。」

「幹嘛跟我一起回臺灣？」

「就……那個……想約你一起出去玩啦。」霎時，江威德的雙頰變得紅通通地。「結果，想不到他說你改服替代役，準備調回臺灣了……」

「喔，原來如此啊！」這回答讓陳皓偉茅塞頓開，不自覺地輕笑出聲：「呵呵。」

「小聲點啦，別吵到其他人了。」江威德有些難為情地說。

笑聲漸歇後，陳皓偉從床上一躍而下，逕自朝置物櫃的方向走去。「喂，你要幹嘛啊？」江威德跟在他的屁股後方，也走了過去。

陳皓偉從置物櫃內拿出一大包未開封的暖暖包，遞給江威德，說：「這給你吧，我用不著了。」

江威德接過暖暖包後，回應道：「謝啦，感謝你給我溫暖。」

「這不是一語雙關吧？」陳皓偉噗哧一聲又笑了出來，「哈哈哈……」

「隨你怎麼想囉。」江威德故作正經，若無其事地說。

「好啦，不鬧了。說真的，這段日子感謝你的照顧，下次回臺灣時記得通知我一聲，我們一起吃個飯，好好聚聚。」

「真的嗎？該不會回去之後就音訊全無了吧。」

「不會啦！我的手機永遠暢通，就等你聯絡。」說完，陳皓偉伸出小指頭，作勢要與江威德打勾勾。

泛黃的月色，透過氣窗映照在寢室內坑坑疤疤的水泥地上。此起彼落的打呼聲，恣意盎然地交織成一首熱鬧的協奏曲。這個時候，兩隻互打勾勾的小指頭，彷彿麻花捲似的交纏在一起。

第十五章

Sandy跨坐在吳志耀的大腿上，雙唇貼近他耳邊，嬌滴滴地抱怨道：「你最近好忙喔！常常都不在辦公室，害人家想死你了。」

「唉喲——好心疼、好心疼，都是我的錯。我真該死，我該死……」吳志耀展現瓊瑤式的浮誇演技，作勢賞了自己兩巴掌。

「不要，我不許你這樣！」Sandy抓住他的手，不捨地說：「人家會心疼啦！」

吳志耀輕撫著Sandy的後腦杓，安慰道：「好好好，不打了、不打了。別心疼了，我的寶貝。」

「最近都在忙些什麼啊？」

「就……市長交代的工作囉。」說話的同時，吳志耀的右手滑到了Sandy的大腿上。「反正時機成熟後，妳自然就會知道啦。」

「好啦，要記得告訴我喔。」兩人眼對眼，鼻尖碰觸在一起。此時，吳志耀順勢將右手伸入窄裙內，兩大腿的最深處，一片烏黑的三角地帶。「唉喲，太裡面了啦！」Sandy玲瓏有致的嬌軀，不自覺地顫抖一下。

「下面癢癢的，是吧？」吳志耀貼近Sandy的耳旁，輕聲問道。

「你討厭啦！」Sandy作勢拍打吳志耀的胸膛。一瞬間，吳志耀將嘴唇貼到她的鎖骨上，用舌尖輕輕地來回滑移、吸吮。「別這樣，別這樣啦……啊……啊啊……」

Sandy才一開口，吳志耀的雙唇便湊了上去。四唇相貼，火辣辣的兩條舌頭濕潤地交纏在一起。不一會兒，兩人開始互相退卻對方的衣物，襯衫、胸罩、內褲……一件件被拋到了地上。

搞到一絲不掛後，吳志耀以「火車便當式」的體位將Sandy給抱了起來，向前走到辦公桌上，順勢壓了上去。他磨蹭著她溫熱的身軀，直到陰莖逐漸充血腫脹、堅硬如鐵。「受不了了……寶貝，我要進去了。」

「come on……」Sandy表示門戶已開。

叩叩叩——

叩叩叩——

突然，響起一陣敲門聲。

「幹——」吳志耀呼嘯猛烈的一吼：「誰啊？」

「局長，不好意思。我是『飛揚運動行銷』的劉致中，因為Sandy不在座位上，所以我直接來敲您的門。」

正打得火熱的兩人，迅速從桌上跳下來。「怎麼辦？」Sandy露出甚是驚恐的表情。

「去裡面。」吳志耀手指右前方的廁所。Sandy趕忙拎起胸罩、襯衫與黑窄裙，一個箭步往廁所的方向跑去。狂奔到一半後，她想起還沒拿內褲，又折返回來抓起地上的內褲。

吳志耀光著下半身，跟著Sandy跑到廁所前，待她進去後，把門給關好。隨後，他不疾不徐地扣起襯衫扣子，並撿起地上的內褲。「靠杯哩！」當他套上內褲時，發現這條內褲怎麼透明還帶蕾絲邊？原來，Sandy錯拿了他的白色三角褲。

「幹！」不穿內褲怎麼行？吳志耀仍強拉上Sandy的透明蕾絲內褲，霎時，一股空虛感由下半身襲來。「整裝完畢」後，他一臉正經地端坐在椅子上，喊道：「請進。」

「是。」

劉致中前來拜訪吳志耀，是為了向他說明與龍山寺之間的交涉狀況，以及目前所遭遇的問題。他認為，只要觀傳局願意放低身段，讓寺方感受到多點誠意的話，基本上事情應該還有轉圜的餘地。

「所以你的意思是，要我們低聲下氣向對方賠不是？」吳志耀問道。

「呃，我的看法是，當初在借調神像之前，就應該先針對各家寺廟的歷史淵源與流派進行調查。如此一來，才能充分地取得對方的信任，並讓對方感受到我們的誠意。我想，這才是一個面面俱到，且不失禮數的作法。」

「所以呢？」內褲塞到屁股溝裡，吳志耀忍不住用手拉了一下。

「很顯然的，我們的前期作業沒有做好，所以讓他們感覺不受尊重。現在，只能盡全力來彌補了。」

「所以呢？」吳志耀的語氣略顯不耐，「應該怎麼做？直接告訴我吧。」

「我認為，慎重道歉是有其必要的。畢竟對於當地居民來說，神像不單單只是一尊工藝品而已，其代表的含意是精神層面的寄託與慰藉，這不是我們外人所能理解的。」

「幹！」吳志耀突然放聲罵道，「我還真是無法理解！不過就是借尊佛像而已，哪來這麼多內心戲啊？」

「……」吳志耀的激烈反應，頓時讓劉致中不知該如何接話。

內褲始終擠在屁股溝裡，實在不甚舒適，吳志耀索性站起身來。「劉先生，大家都很忙，你就省點氣力，別在這種枝微末節的地方窮打轉了吧。一句話，借或不借？我們觀傳局的立場就是這麼簡單。」

「呃，依照現在這個情勢……我想對方是不會借的。」劉致中面露難色地說。

「呵。」吳志耀冷笑一聲，道：「好，很好。公然違抗市政府的行政命令是吧？這下可得向市長呈報了呢。」

吳志耀這麼一說，霎時讓劉致中緊張了起來。「局長，請先不要這麼做！事情應該還有轉圜的餘地，請再給我一點時間，我設法再去溝通看看。」

「三天，我再給你三天。三天的期限一到，我就立刻向市長報告。」吳志耀頓了一下後，再說：「我希望不要因為這種小事，影響到我們跟貴司之間的合作關係。倘若這次的合作能夠圓滿成功的話，我會考慮把貴司的評鑑列為優等。我想，這應該是貴司所殷切期盼的，是吧？」

劉致中緩緩地點了點頭，答道：「是，了解。」

「呵，那就拜託囉。」

*

離開局長室後，劉致中朝電梯的方向走去。此時，口袋內的手機突然震動了起來。

「喂，合約有進展了嗎？」電話那頭的王暉，劈頭問道。

「沒有。」

「東山建設提出的是什麼合約？球員嗎？還是教練？」

「不知道。」

「為什麼不知道？」

「還沒問。」

「靠！你在幹嘛啊？」王暉的語氣甚是不悅，「為什麼不趕快處理呢？」

「我操你媽個B！」劉致中突然怒氣爆發，大聲回嗆道：「管你什麼合約啊，我還有更重要的事得處理！」

這時候，兩名市政府的女職員從旁經過，露出了很是驚恐的表情。她們瞪大雙眼，似乎正在猶豫要不要去通報警衛……。

*

劉致中的腳步聲遠離後，吳志耀朝廁所的方向喊道：「寶貝，出來吧。」

Sandy走出廁所，原本一絲不掛的身軀，又穿回了她的緊身套裝。唯一遺漏的是，那件透明蕾絲小內褲……。

她手上拎著吳志耀的泛黃三角褲，噘起嘴，撒嬌似嘟噥道：「人家拿錯了啦！」

「對不起啦，都是我不好。」吳志耀從Sandy的後方環抱住她，嘴巴靠近她耳邊，輕聲問道：「所以，現在沒穿內褲囉……」

「你討厭啦！」瞬間，兩片肥厚的雙唇又湊了上來。四唇相依、口沫交融，柔軟的觸感讓吳志耀情不自禁地伸出舌頭。舌尖交纏後傳來的電流，讓他酥麻到幾乎失了神。方才稍稍退了火的海綿體，在一連串的刺激下，又逐漸腫脹了起來。

「唉喲！你，怎麼又硬硬的了？」

「怎麼？不喜歡嗎？」隔著衣物，吳志耀操演起下體刺槍術，原地突刺著Sandy的緊實雙臀。小小火苗，再度引起了燎原大火……。

叩叩叩——

叩叩叩——突然，又是一陣敲門聲。

Sandy驚慌失措地推開吳志耀。「怎麼又來了啊？」

「媽的王八蛋！」吳志耀再度指向廁所，「趕快進去。」

Sandy火速跑進廁所後，吳志耀怒氣沖沖地往門口走去。「又有什麼問題嗎？來來去去的，煩不煩啊！」

「呃……不好意思，打擾了。」

咦？好像不是劉致中的聲音！吳志耀心頭一驚，問道：「請問哪位？」

「呃，我……我是今天剛來報到的，替代役男，我叫……陳皓偉。」

「靠杯哩！怎麼是他？」吳志耀低聲呢喃一句。隨後，他拉起一抹微笑，打開門，「請進。」

一見到吳志耀，陳皓偉立刻鞠躬行禮，說道：「不好意思，辦公室的大姊叫我先來跟局長打聲招呼，所以……」

「好的、好的，趕快進來。」吳志耀伸出手，邀請陳皓偉往沙發的方向走去。

陳皓偉跨進門，緩步走到沙發前方。此時，他突然一個踉蹌，差點跌個狗吃屎。往地上一瞧，他發現自己踩到一條疑似內褲的東西。

後方的吳志耀看見後，馬上解釋道：「不好意思、不好意思，那是我的內褲。」

「啊？」

「不是，我講錯了！那是我的抹布，平時用來擦地板的。」說完，吳志耀拎起地上的「抹布」，隨意往旁邊一扔。「來，請坐。」

兩人坐定後，吳志耀堆起笑容，自我介紹道：「你好，我是觀傳局局長，敝姓吳。很高興認識你。」

「是。局長您好。」陳皓偉的心臟，撲通撲通地快速跳動著。

「你看起來好像很緊張？」吳志耀笑著說道：「不用太拘謹，其實我的歲數沒大你多少，你可以把我當成朋友，或是大哥哥看待就好。呵呵。」

「是。」陳皓偉再度點了個頭。

「觀傳局的業務非常繁忙，很需要像你這種年輕有活力的小鮮肉加入。特別是最近，我們有一個年度盛會正在如火如荼地籌備中，目前正是最缺人手的時候。多了你這名即戰力，我相信對於我們的工作效率一定會有所幫助的。哈哈哈……」說完，吳志耀逕自拍了拍陳皓偉的肩膀，「很期待你的表現喔！」

這番話，讓陳皓偉的臉頰變得有些泛紅，他不好意思地說：「其實，我沒有什麼工作經驗，以前只有在居酒屋打過工而已……」

「不用擔心，沒經驗無所謂，我在乎的是有沒有一顆上進的心。只要你肯問，一定會有人教你的。」吳志耀手握拳頭，中氣十足地說：「來，讓我們一起努力吧。」

第十六章

劉致中來到龍山寺旁的青草巷。站在巷口，一抹淡淡的青草香撲鼻而來，是股令人欣喜的氣味。他深呼吸一口氣，感覺神清氣爽。

這條巷子的寬度很是狹窄，各店家將許多不知名的植物、藥草置放於店門口後，更顯得寸步難行。劉致中往巷內走去的時候，擦撞了幾名迎面而來的路人，左閃右避地到達巷尾後，棧龍的身影映入眼簾。

老人家坐在一個木頭小板凳上，面前放著三袋藥草，劉致中看他拿起左側布袋內的藥草，一片片地嗅聞後，再逐一放置於中間或右側的布袋內。這個舉動，狀似在辨別藥草的濃度或真偽。

「不好意思，打擾了。」劉致中出聲說道。

「你怎麼知道我在這裡？」應話的同時，棧龍仍持續手邊的工作。

「剛才我去龍山寺，一位戴黑框眼鏡的女士告訴我的。」

「呵，看來你似乎還沒放棄。」棧龍揚起嘴角。

「沒辦法，這是我的工作。」劉致中語帶無奈。

「回去吧，別浪費時間了。」

「我們應該怎麼做，您才願意出借呢？」

「什麼都不用做，因為我從未考慮要出借給你們。這個想法，從頭到尾都沒改變。」

「這是觀傳局的行政命令，不是你一個人說了算。」劉致中的口氣，不自覺地轉趨強硬。「棧叔。就歲數上來說，您算是我的父執輩，所以我打從心底尊敬您。但就此事而言，您的處理態度讓我相當的不以為然……」

棧龍停下手邊的工作，緩緩抬起頭來。

「如果您的癥結點在『主祭神』這三個字的話，要不就由您自行挑選可供出借的神像，讓我去向觀傳局交差。無論貴寺提供哪一尊神像，我都會想辦法讓他們接受的。當然，如果您能夠一次提供個三到五尊讓我選的話，那就再好不過了。」

棧龍站起身來，表情略顯不悅。此時劉致中再道：「我想，沒必要將事情搞得太僵、太複雜，免得之後難以收拾。我的話就點到為止，希望您好好考慮一下。我再重覆一次，希望在您的『謹慎思量』之後，給我一個最適切的答案。」

碰──棧龍一腳踹向旁邊的茶几，玻璃應聲粉碎！

這突如其來的舉動，讓劉致中嚇了好大一跳，他不自覺地倒退兩三步，差點被自己的腳給絆倒。幾名男子聽到聲音後，從前方的青草店內衝了出來，「老大，怎麼了嗎？」其中一名身材甚是壯碩，手臂佈滿刺青的男人問道。

棧龍狠瞪著劉致中，說：「現在是怎樣？把我當『細漢仔』使喚是嗎？」

劉致中吞了口口水，想出聲解釋些什麼，但，兩排牙齒卻是窩囊地不停上下撞擊，一個字也吐不出來。

「老大，需要我們『處理』嗎？」刺青男再問。

棧龍未理會刺青男的請示，再對著劉致中問道：「我再問一次，你是不是把我當『細漢仔』？」

「沒……」此時，劉致中突然感覺下體一陣溫熱。原來，一條細細的水流，正沿著他的大、小腿內側往下方的褲管流去。「沒……有……」

棧龍向前走了幾步，靠近劉致中，兩人鼻尖的距離不到五毫米。數不盡的汗珠，不斷地從劉致中的額頭上冒了出來，並快速地一滑而下。汗水浸濕了他的內衣，而內褲在尿液的沖蝕下，早先一步宣告失守。

「沒、有、是、嗎？」棧龍的嘴唇微張，露出了因長期嚼食檳榔而泛黃的門牙。這時候，一股濃濃的酸臭味，從他的口中飄了出來。

霎時間，劉致中的胃開始翻攪，濃厚的噁心感湧上心頭。他咬了咬牙，強忍住急欲嘔吐的生理反應。

眼看劉致中沒有要答話的意思，棧龍一陣惱怒，「到底有沒有啦！？」巨大的吼聲，響徹在整條巷子內。原本熙來攘往、人聲鼎沸的青草巷，頓時靜了下來，所有人都停下手邊的工作，轉頭將目光投往巷子尾。

被狂吼一聲後，強烈的暈眩感襲來，劉致中的眼神開始渙散，瞳孔內的影像變得一團模糊。

突然，一股帶著濃厚酸臭味的穢物，從他的口腔內噴射而出，直擊棧龍的顏面。這道穢物，宛如魚尾獅吐出的那條強烈水柱，從任何角度欣賞，都堪稱完美無瑕。

「幹……恁娘勒……哇……啊啊！」顏面遭受重擊的棧龍，瞬間癱軟倒在地上。「龍叔！」「老大、老大……」「撐著點啊！」眾人一擁而上，團團圍住慘遭「顏射」的老人家。

胃中的穢物一吐而光後，劉致中感覺全身虛脫，此時已呈現半失神狀態的他，突然被一道刺眼的強光照得睜不開眼睛。「頭好昏……好昏啊……」

就在萬事休矣之際，劉致中的耳畔響起了一個低啞的聲音：「致中、致中……」有個人，似乎正在呼喚著他。

第十七章

戴仍兆站在艋舺公園的噴水池前，等待著吉哥。

對於要幫「那個人」討公道一事，吉哥可能有了什麼想法。所以，戴仍兆一接到電話後，二話不說就趕來了。

不過，就在十分鐘前，吉哥捎來訊息說廟裡發生了緊急事件，會晚一點到。

這些日子以來，戴仍兆早出晚歸做生意，日常生活逐漸步上正軌。每晚倒頭就睡的他，似乎逐漸淡忘了「那個人」的存在。畢竟，有陰陽眼的人才看得到，對於一般人而言，「那個人」就如同空氣一般，沒啥大不了的。與其日日煩惱他的存在，還不如想辦法多掙點錢，讓生活好過些比較實在。這是戴仍兆在心境上的轉變。

呆呆站著，放空一陣後，空氣中突然飄來一股酸臭味，這刺鼻的味道，讓戴仍兆瞬間回過神來。隨後，他手摀口鼻，左顧右盼尋覓臭味的來源。

結果，戴仍兆發現就在不遠處，橫躺著一位狀似宿醉的男子，而宿醉男子的身旁，則坐著一位皮膚黝黑、身型甚是壯碩的猛男。昏睡中的醉男，靠臥在猛男的大腿上，猛男撥開醉男的瀏海後，用沾了水的手帕，輕輕擦拭他的額頭。猛男注視醉男的眼神，盡是濃情與蜜意……。這景象映入眼簾後，戴仍兆立刻把頭給轉了回來。

雨後的下午，淡藍的天空點綴了幾縷白雲，溫和的陽光穿透白雲，映射在公園的水泥地上。一道彩虹高掛在天空，色彩很是鮮明，許多路人都拿起手機猛拍著。

戴仍兆吞了口口水，告訴自己：「社會在走，改變要有」。在這個多元化的社會中，所有性別認同都是平等的，每個族群都有追求真愛的權利，自己不應該以異樣的眼光看待他們。於是，戴仍兆轉頭過去，對著猛男抱以「Hey! I feel you.」的微笑。

但，這笑容似乎讓猛男感到不置可否，他急忙把頭撇開，避免與戴仍兆眼神交會。

望見猛男的舉動後，為了不讓他感到不自在，戴仍兆也若無其事地把頭轉回前方。就在這個時候，吉哥的身影出現了。

「不好意思、不好意思，讓你久等了，」小跑步過來的吉哥，上氣不接下氣地說：「有點事情耽擱了。」

「沒事、沒事。」為了不讓吉哥感到內疚，戴仍兆刻意揚起嘴角。「你說廟裡發生了緊急事件，現在都處理完了嗎？」

「唉！事情是這樣的。剛才有個市政府的人，跑來跟我們執行長吵架，結果吵不過他，竟就朝他的臉上吐了一堆穢物。我們執行長是個七十多歲的老人家，被這麼一嚇後，瞬間昏厥了過去……」

「天啊！」戴仍兆睜大雙眼。「結果呢？現在沒事了嗎？」

「沒事了。剛才經過一陣急救後，確認老人家的心跳、脈搏都正常，再休息一下應該就會清醒了。」

「呼，那就好。」戴仍兆輕吐口氣。「不過，市政府的人，為什麼要跟你們執行長吵架呢？」

「唉啊……這，說來話長，就容我省略吧。」戴仍兆是個外人，吉哥心想，沒必要向他透露這麼多廟裡的事情。就在說完話的瞬間，吉哥的眼角餘光瞥到旁邊那位醉男，突然間他的臉色一變，朝著醉男怒吼道：「他媽的，你這個王八蛋！不要躺在這裡，給我滾遠點。」

看到吉哥這激烈的反應後，戴仍兆趕緊抓住他的雙臂，安撫道：「吉哥冷靜點！時代不同了，我們應該以更為寬闊的心胸來看待這個社會，多點祝福，這個世界會變得更美好。」

「靠夭勒！是要祝福啥米碗糕？」吉哥甩開戴仍兆的手，忿忿不平地說：「就是這傢伙，把我們執行長搞到昏迷的，現在沒揍他就算是客氣了。」

「啊！」戴仍兆露出很是驚訝的表情。

「好啦！別吵了。」猛男雙手橫抱起醉男，說：「我們馬上離開。」

「最好不要再讓我撞見你們，看一次打一次……」吉哥仍是一副氣憤難平的模樣。

戴乃兆嘴巴開開，凝視著猛男的背影，直到他們離開了視線範圍。隨後，他皺起眉頭，匪夷所思地問吉哥：「這……到底是什麼狀況？」

「不好意思，這說來話長，你就別追根究底了吧。」吉哥說道。

「喔。」戴仍兆愣愣地點了點頭。

「我們回歸正題吧。」瞬間，吉哥臉上的線條變得柔和許多。「呃，關於田中先生的事，我有個想法，想徵詢你的意見。」

「田中？『那個人』的名字叫田中嗎？」

「咦！我沒告訴你嗎？」

「沒有啊！認識『那個人』這麼久，我從未聽聞過他的姓名。」

「呵。人家有名有姓的，別再用『那個人』稱呼他了。」

「是。」戴仍兆點頭表示認同。「那，你說的想法是什麼呢？」

「田中一直賴在你的車上不走，想必對你造成了很大的困擾吧？」吉哥頓了一拍後，說：「所以，我的想法是，要不然我接他回家，他來跟我同居好了。」

「啊！」戴仍兆的眼睛睜得老大，露出一副不可置信的表情。

「反正，我也是孤鸞寡鶴一個人……」吉哥說這句話的同時，雙頰陡然泛起了兩圈紅暈。

「關於他被騙財騙色一事，我也想再深入了解一下事情的緣由，待前因後果都確認清楚後，再來研擬復仇大計。」

「呃……你要帶走他，基本上我是不反對啦。」戴仍兆吞了口口水，確認道：「只是，不會造成你的困擾嗎？」

「不會啦。」吉哥瞇著眼，嘴角微揚地說：「兩個人住在一起，反倒有個照應。」

聽到吉哥這麼說，戴仍兆的內心不禁呢喃道：「你確定他是人？」

「好啦，就這麼說定了。今天我就帶他回家吧。」吉哥拍了拍戴仍兆的肩膀，調侃道：「怎麼？該不會是動了感情，捨不得把他交給我吧。」

「怎麼可能！吉哥你別說笑了。」戴仍兆乾笑兩聲：「呵呵。」

「那就走吧。一起去停車場，我去接他出來。」說完，吉哥動身準備離開。

「吉哥。」戴仍兆喚住他，說：「到時候，如果你真的確定要幫他討公道的話，可否先通知我一聲？」

「怎麼？你也想參與嗎？」吉哥問道。

「嗯。」戴仍兆點點頭，「算我一份。」

「好喔。人多好辦事。」吉哥再說道：「不過，快過年了，廟裡的工作會比較忙，所以可能年後才會開始行動。」

「沒問題，反正我等候你的通知。」戴仍兆露出一抹淺淺微笑。但，微笑的背後，他卻隱隱地感到不安。

第十八章

頭好暈，好暈啊！為什麼地板不停晃動著？地震嗎？對，一定是地震！

不行，得趕緊逃跑，不跑的話會死，會被崩塌的大樓給壓死的……。倏地睜開眼，一道刺眼的光線直入瞳孔。

劉致中不經意地舉起手，試圖遮擋那耀眼的陽光。地板仍是一上一下的晃動著，這充滿韻律感的節奏，似乎不像是地牛翻身。眼角餘光瞥了下周圍的環境後，他赫然發現自己正漂浮在大街上！

不……不是漂浮。是被人抱著走！？

劉致中轉頭一探，欲確認是誰在橫抱著自己。結果，太過刺眼的光線，讓他無法睜開雙眼。現在是什麼狀況？有些驚恐的他，腦中浮現出被人抱到暗巷內，慘遭一陣毒打後橫屍街頭的畫面……。「不要……放開，放開我啊！」他放聲大叫並極力扭動身軀，企圖掙脫這雙粗壯的手臂。

「靠夭勒！你以為我想抱你喔？」

咦！這聲音，很是熟悉。

「既然醒了，就自己下來走吧。」猛男緩緩將劉致中放到地上。

此時劉致中定睛一看，才發現抱他的是王暉。「原來是你！嚇死我了。」
「不然還會有誰？」王暉不以為然地說。「你還記得自己幹了啥事嗎？」
「依稀還記得吧。我……吐了是嗎？」。
「不只吐，你還疑似休克了呢。」
「我記得……我的情緒好像非常激動，當時心跳得好快，感覺心臟都快從嘴巴裡蹦出來了呢！」劉致中心有餘悸地說。
「單刀赴會，還當面嗆聲！」王暉嘲諷道：「你的勇氣是梁靜茹給你的嗎？」
「我不記得自己說了什麼。但是，我是想好好跟對方溝通的。」
「我是不清楚你怎麼『溝通』的啦，我只知道我再晚一步的話，你就準備被一陣亂拳打死，然後橫屍街頭了。」
「少胡說了！對方早就改邪歸正、退隱江湖，不會再幹這種事了啦。」突然，劉致中覺得事有蹊蹺，「不過，你怎麼知道我來找棧老大的呢？莫非，你跟蹤我？」
「我打電話去辦公室找你，你的助理告訴我的。」
「所以你就來了？」
「嗯。」王暉輕輕點頭。
「如果我沒猜錯的話，你打電話找我，應該是想問合約的事，對吧？」
「嗯。」王暉再度點頭。

「這事我交代給助理去處理了，請她先確認東山建設開出的合約條件。」

「所以，是球員約嗎？」

「好像不是。」劉致中頓了一下，補充道：「但，我會幫你爭取的。」

「你確定你還有餘力處理嗎？」

「呃……我會交辦給助理。」

很顯然的，劉致中已無暇處理合約的事，這讓王暉有些擔憂明年球季該何去何從。但，當他看到劉致中那副狼狽不堪的模樣後，也著實無法苛責這位合作了十多年的老夥伴。「那接下來呢？你打算怎麼向觀傳局交代？」

「這事與你無關，就別問了吧。」

「與我無關？」王暉的語調上揚，「我不是代言人嗎？怎麼會與我無關？」

「對喔！我都忘記你是代言人了。」劉致中拍了拍自己的腦袋瓜，「真是傷腦筋，最近被這些鳥事搞得暈頭轉向的……」

「就據實以報吧，說你已經盡力了。」王暉提出建言。

聽王暉這麼一說，劉致中的臉瞬間垮了下來。「就這麼舉白旗投降的話，未來我們公司就再也接不到類似的工作了。而且，還可能成為業界的笑柄……」

劉致中擔心的是，一旦宣告交涉失敗，公司將可能被列入黑名單內，未來恐無法再參與市政府的任何標案。現在，他正站在一個攸關公司發展與個人前途的十字路口上……。

「你們公司雖然有連帶責任，但起因是觀傳局先不尊重人家的不是嗎？事情會搞到今天這番田地，他們才是罪魁禍首吧！」

「對，你說得沒錯。但我們是生意人，生意人最忌諱的，就是得罪公家單位了……」劉致中滿臉無奈地說：「所以，這些委屈我也只能自己吞了。」

「我沒有叫你和他們撕破臉。我的意思是，趕緊向他們說明目前的狀況，然後一起商討個解決對策。」

「……」劉致中眉頭深鎖，仍是一臉的苦悶表情

「唉啊！沒有這麼多內心戲吧？最糟糕的結果，大不了就是放棄那些神像而已不是嗎？」

「萬萬不得啊！」劉致中反駁道：「那些都是歷史悠久，深具文化與教育意義的廟宇，若是他們缺席的話，這個展覽可就沒什麼看頭了呢！」

「既然如此，那就更應該早點把問題給反映出來啊！致中，你已經無計可施了，別再撐了吧。」

正當劉致中陷入天人交戰之際，他的手機突然響了起來。「誰啊？在這個時候打來。」嘟噥兩句後，他接起電話。

「不好意思，請問是劉先生嗎？」是個年輕人的聲音。

「是，我是。請問哪裡找？」

「劉先生您好，我是觀傳局的替代役男，敝姓陳。我剛加入『世界宗教博覽會』的籌備團

隊，之後將負責與貴公司進行聯繫，還請您多多指教。」電話那頭的陳皓偉，畢恭畢敬地自我介紹。

「你說……你是替代役男？」劉致中有些不知所云，「所以，找我有什麼事嗎？」

「不好意思，是這樣的，我們局長指派我來追蹤貴司的協調進度，所以我才冒昧地打了這通電話給您。」

「你說，協調、協調進度嗎？」劉致中再次確認道。

「是的，就是關於借調神像一事。」陳皓偉語氣平緩地問道：「請問，目前的狀況如何呢？」

「目前的狀況嗎？呃，這……有點難解釋……」劉致中吞吞吐吐，不知該從何說起。「要不然，我們見面談吧。」

「好啊。」陳皓偉爽快回應。

結束通話後，劉致中轉頭望向王暉，問：「你有空嗎？」

「有啊。」王暉問道：「怎麼了嗎？」

「呃……陪我去一趟市政府吧。」

第十九章

掛斷電話後，陳皓偉看到陳唐崧與隨扈一同穿過前方的走廊，往電梯方向走去。此時，他不自覺地翻了個白眼，露出一副不以為然的表情。

從北竿調回臺灣後，他過著有如公務員般的規律生活。對於其他役男來說，這種「爽缺」可謂是可遇不可求，若是上輩子沒有燒好香的話，基本上是不可能降臨到自己頭上的。但，對於陳皓偉而言，相較於臺灣，他反而更希望留在外島當個普通大頭兵。

對於父親擅作主張，動用關係將他調回臺灣一事，陳皓偉感到怒不可遏。每天下班後，他都刻意在外頭溜達到很晚才回家，為的就是不想跟父親多說上兩句話。兩人之間的父子關係，又回到了入伍前的冷戰狀態。

*

「不好意思，打擾了。」一進門，陳唐崧便鞠躬表示敬意。兩旁的隨扈看了後，也跟著欠身行禮。

「祕書長多禮了。請進，快請進。」何鎮堂掛著笑意，邀請陳唐崧入內。

「真是抱歉，突然來叨擾市長您辦公。」走到一半，陳唐崧再度鞠躬表達歉意。

「唉啊，怎麼會是打擾呢！貴客臨門，歡迎都來不及了呢。哈哈哈。」一行人走到沙發前，何鎮堂伸出右手，「來，請坐。」

陳唐崧與何鎮堂，是分屬兩個世代的政治人物，過往兩人在黨內的交集並不深。但，這段時間以來，因何鎮堂垂涎閣揆大位，屢屢向總統毛遂自薦，因此才和陳唐崧搭上了線。

不過，總統的民調持續探底，讓陳唐崧在黨內的地位猶如滄海一鱗，早已變成了空氣般的存在。因此，在何鎮堂的內心之中，始終認定陳唐崧只是隻殘餘價值不高的老狗，跟他攀關係，對於未來的政治仕途而言，起不了任何的加分作用。

無事不登三寶殿。稍早，一接到陳唐崧的來訪電話後，何鎮堂便立刻明白他的來意為何。

「操！真是浪費時間。」掛上電話，他暗自呢喃一句。

「呃，其實，今天來拜訪何市長的目的是……」陳唐崧支吾其詞，眼神閃爍。

「我想，祕書長應該是來關心令郎的狀況，是吧？」何鎮堂心想人都來了，還畏畏縮縮個屁啊。

「嗯。」陳唐崧輕點個頭，露出尷尬的微笑。「我只聽說他被分發到觀傳局，但，不太清楚他負責什麼工作。」他頓了下後，再說：「其實，他沒有什麼工作經驗，還只是個涉世未深的孩子……」

「在此向祕書長報告，我們觀傳局的同仁都很年輕，彼此之間沒有什麼上下之分，倘若令郎在工作上遇到什麼困難的話，我相信其他同事一定會很樂於教導他的。」何鎮堂這麼一說，頓時讓陳唐崧臉上緊繃的線條放鬆不少。「特別是我們的吳局長，青年才俊，這段時間觀傳局在他的領導之下，外國觀光客的人數屢創新高，大大增加了臺北市在國際上的能見度。令郎在他的底下做事，一定會受益良多的。」

「我知道吳局長！」陳唐崧的眼睛為之一亮，「聽說他不只才能出眾，其領導能力在年輕一輩中也是數一數二的。能夠網羅如此優秀的年輕人進入市府團隊，證明何市長的眼光果然獨到。」

「哈哈哈，祕書長您過獎了。」陳唐崧的盛讚之辭，說到了何鎮堂的心坎裡。「吳局長的確是個值得栽培的人才，觀傳局是我給他的第一個試煉，接下來，我將帶他一起入閣，讓他繼續在文化部發揮所長。」這一席話，讓陳唐崧不禁輕皺眉頭。

原來，總統尚未決定閣揆的繼任人選是誰。何鎮堂的大名，雖被列在總統的候選名單內，但，並非唯一人選。陳唐崧心想，或許是之前在府內與何鎮堂相談甚歡，才讓他誤以為已獲得內定……。

「呃，何市長的意思是，『如果』您擔任閣揆的話，將讓吳局長接掌文化部是吧？」陳唐崧揚起嘴角，再說：「何市長對於培育人才真是不遺餘力啊！看來，我們黨的未來，就掌握在你們這群中生代菁英的手上了。」

精明的何鎮堂，似乎聽出什麼端倪。「祕書長，您說的『如果』是什麼意思啊？莫非……是我誤會了什麼嗎？」

「呃……沒事，我話說得太快了。」陳唐崧一時語塞，不知該作何回應。

何鎮堂瞇著眼，面帶微笑地再問：「祕書長。近幾年來，總統的民意支持度始終低迷，您知道問題出在哪裡嗎？」

「啊！」這突如其來的冷箭，再度令陳唐崧措手不及，「我想……應該是，施政不得民心吧。」

「沒錯！正是如此。」瞬間，何鎮堂的眼神變得有些銳利。「祕書長。我們的江山，是由你們這群老前輩從街頭上打拼出來的，在臺灣民主化的進程中，你們的確立下了不可磨滅的功績。」何鎮堂頓了半晌後，再說：「不過，請容我說一句真心話——你們的時代，已經結束了。」

陳唐崧從來就不是個眷戀權勢的人，他的生涯規劃是，待總統的任期屆滿之際，就是自己告別政壇的時候了。但，即便如此，被後輩這麼當頭棒喝的一擊後，他仍掩蓋不住內心的錯愕。

「所以，民心向背，果真是因施政不力嗎？」

「前輩，這還用問嗎！」何鎮堂翻了個白眼，說：「你們這批街頭世代的政治人物，待在權利核心太久了，所以，越來越不懂該怎麼玩政治。」

「啊！？」陳唐崧的眉頭鎖得更緊了。「我，不懂你的意思。」

「所謂的政治，就是滿足眾人的需求，而所謂的眾人，就是大多數的人。這樣你懂了嗎？」

陳唐崧仍是丈二金剛摸不著頭腦。「我們，不就是這樣施政的嗎？」

「大錯特錯！」何鎮堂突然拉高音調，「在推行任何法案之前，首要的考量應該是滿足眾人之需求，而不是在雜音中取得平衡點。你們啊，浪費太多時間在朝野協商了！」

「朝野和諧，是政局穩定的根基。」陳唐崧解釋道：「雖然我們現在是完全執政，但與在野黨之間，仍必須維持一定程度的默契才行。如果凡事都要硬幹的話，恐將加深不同族群間的裂痕，進而導致社會對立。」

聽了陳唐崧的說詞後，何鎮堂不禁搖了搖頭。「祕書長。就是因為這種老派思維，才會讓總統的民調跌到谷底啊！人民不會因為朝野和諧而把票投給我們，人民在乎的是，誰讓他過好日子。在《生命中不能承受之輕》這本書內，米蘭昆德拉創造了『媚俗』這個字眼，所謂的『媚俗』，就是不擇手段去討好大多數人的心態和做法，政治的核心不是理性與和諧，而是『媚俗』。我們若是想長期執政的話，就必須把『媚俗』作為最高的施政準則。除此之外，別無他法。」

「何市長，這種想法太過偏激了，政治還是必須回歸理性啊。」陳唐崧由衷地說。

「『政治並不怎麼依賴理性態度，反倒更依賴於幻想、意象，詞語與模式，依賴於由這些綜合而成的這種或那種媚俗。』米蘭昆德拉的這句話，是唯一能讓我們起死回生的特效藥，如果你們做不到的話，就交給我吧。」

陳唐崧想再出言辯解些什麼，但話才到嘴邊，卻又臨時打了退堂鼓。他心想算了，自己只是個政壇的待退老兵，辯再多也無濟於事，年輕一輩有自己的想法，就隨他們去吧。相較於政治，現在他的心思反而都放在陳皓偉身上，既然已經確認他過得無慮，也就沒必要再節外生枝了。

於是，對於何鎮堂的大放厥詞，陳唐崧隱忍不再出聲，就這麼草草結束了會面。臨走前，何鎮堂說道：「祕書長您儘管放心，我們會好好照顧令郎的，鐵定讓他快快樂樂當兵，平平安安退伍。呵呵。」

離開市長室後，陳唐崧又刻意繞到三樓的觀傳局。經過走廊時，他轉頭望向觀傳局的辦公室，企圖尋找陳皓偉的身影。結果，眼神掃射一周後，發現兒子似乎不在辦公室內。

「走吧，去停車場。」陳唐崧回頭望向隨扈，說道。

第二十章

「以上說的，就是目前的情況。」劉致中見到陳皓偉後，向他詳述與龍山寺之間的交涉經過。

「聽您這麼說，感覺對方的態度似乎挺強硬的。」陳皓偉說道。

「陳先生，誠如剛才所言，龍山寺奉祀的神明涵蓋了多個教派，對於他們而言，或許每尊神像的地位都是等同的，並沒有所謂的主副祭之分。而事情的癥結點就在於，觀傳局在行文之前，並未先行調查龍山寺的歷史背景與文化，因此才讓對方覺得我們毫無誠意可言。」劉致中吞了口口水後，再說：「雖然我已向寺方表達了最誠摯的歉意，不過，為時已晚，現在對方已經不想再理睬我們了……」

「陳先生，我打個比喻好了。」站在一旁的王暉，開口補充道：「就好像你在追求一個女孩子，女方問你：『喜歡我哪一點？』結果你什麼都答不出來，只會一味地強調：『我要妳，我就是要得到妳。』這種蠻橫無理的追求方式，怎麼可能博得女孩子的芳心嘛！你說是吧？」

「嗯……應該很難。」陳皓偉點了點頭，表示認同。

「所以，對方當然不會給我們好臉色看啦！」

「呃，這就麻煩了……」陳皓偉皺起眉頭，露出一副傷腦筋的模樣。

劉致中望著陳皓偉，心裡想著，眼前這位身穿替代役制服，頂著小平頭的年輕人，充其量只是個傳聲筒而已，再怎麼煩惱也是枉然。於是，他說道：「要不然，你先去向吳局長報告吧。看他有沒有什麼想法。」

「嗯。」陳皓偉點點頭，回應：「好吧，也只能這樣了。」

「如果我沒記錯的話，農曆年後，籌備團隊就要進駐小巨蛋，開始佈置會場了。所以我們的時間所剩無幾，必須趕快消弭與龍山寺之間的裂痕，取得他們的諒解才行。」劉致中再說。

「是啊，解鈴還需繫鈴人，你們趕緊討論個解決對策吧。」王暉再度出聲幫腔。

「知道了，我立刻向局長報告。之後如果局長還有什麼指示的話，我再另行聯絡兩位。」說完，陳皓偉彎腰鞠躬，表達謝意。劉致中與王暉也微微地點了個頭。

陳皓偉的身影遠離後，王暉開口說道：「真是個文質彬彬的年輕人呢。」

「我倒是挺意外的。」

「意外！」王暉有些不解地問：「此話怎講？」

「竟然派一個替代役男來……」劉致中的語氣有些失落。

「唉啊！你別想太多了。」王暉健壯的右手，勾搭在劉致中的肩膀上，說：「坐在辦公室的那位吳先生，貴為局長，沒時間鳥我們是很正常的。」

「我才不在乎他鳥不鳥我們呢！」劉致中頓了下後，說：「我心煩的是，他到底重不重視這件事？」

「這個博覽會是臺北市的年度盛事，怎麼可能不重視呢？」王暉輕拍劉致中的胸口，安慰道：「儘管放寬心吧，一切的一切，都是冥冥之中自有安排的。」

「那……也包括你的合約嗎？」

一聽到「合約」這兩個字，王暉的臉瞬間垮了下來。

*

「什麼爛公司啊！這點小事都處理不好。」聽了陳皓偉的回報後，吳志耀氣噗噗地回罵道。望著勃然大怒的老闆，陳皓偉鼓起勇氣再說：「那個……飛揚的劉先生說，還是出面道個歉會比較好……」

「道歉？道個什麼屁歉啊！」吳志耀大聲喝斥：「虧他們還是公關公司勒，連這點協調能力都沒有，搞個屁啊！要我們去道歉？那找他們來幹嘛啊？真是廢物。」

「對……對不起。」雖然吳志耀咒罵的對象不是自己，但陳皓偉仍忍不住低下頭來，輕聲賠不是。

「跟這種三流公司配合，真是倒楣透頂了！」說完，吳志耀吐出長長一口氣。「好啦，你先去忙你的吧。」

「是。」陳皓偉轉身準備離開。

「對了。」吳志耀再喚住他。「還習慣目前的工作嗎?」
「呃,還可以。Sandy姐教我很多東西。」陳皓偉答道。
「嗯。工作上有什麼問題的話,就儘管請教Sandy吧。」
「是。」
陳皓偉離開後,吳志耀陷入了長考。他心想,如果年輕人所言屬實的話,接下來就勢必得由觀傳局直接面對龍山寺了。不過,他始終無法理解的是,觀傳局何錯之有?為何需要道歉?他反倒認為是寺方別有用心,藉機找碴……。就在此時,突然有個念頭浮現在他的腦海之中。

第二十一章

「龍叔，療程結束了，你有沒有桑到？」安娜操著濃厚的越南口音，親切問道。

「有有有，很桑、很桑。」趴在按摩床上的棧龍，一臉酥麻的模樣。

「要不要再加個五百塊，幫你做攝護腺排毒。」安娜再問。

棧龍爬起身，扭扭脖子、拍拍頸部的筋骨後，回答：「感覺筋骨都鬆開了，應該沒必要再做什麼排毒了吧。」

「不考慮一下嗎？我的技術一級棒喔。」

「妳說……攝護腺排毒！是怎麼個排法啊？」棧龍問道。

「龍叔，你有這麼純情嗎？呵呵呵。」安娜笑得花枝亂顫的。「排毒，就是搓搓你的『龍根』，然後……」她拍了下棧龍的肩膀，嬌羞地喊道：「唉呦！你討厭啦……」

「啊！」棧龍一臉難為情地說：「那個……不用了啦。反正，我的『龍根』只剩下尿尿這個功能而已。」說完，他趕緊掀開布簾走了出去。

蘭嬌姨看到棧龍走出包廂後，露出一臉驚訝狀。「龍叔，你怎麼出來了？」

「呃，那個，時間到了啊！」

「唉啊……龍叔一年就來這麼一次，怎麼不嚐嚐我們安娜的『奶油銷魂手』呢？」

「龍叔說，他現在只用來尿尿而已……」安娜跟在棧龍的後頭，走出包廂。

「愛說笑！咱們龍叔可是真人不露相呢。呵呵。」蘭嬌姨露出詭異的笑容。

這話題令棧龍甚是彆扭，他索性掏出香菸，對著蘭嬌姨說：「蘭嬌，我先出去抽根菸，抽完後就直接在外頭等他們。」

「好啦，我再告訴他們。」

距離除夕還有兩個禮拜左右，每年的這個時候，艋舺四大廟門的老大，都會挑個黃道吉日相聚，一起吃個尾牙。這四個老人家，分別是青山宮的楊老生；祖師廟的趙之虎；天后宮的黃蓋和，以及龍山寺的棧龍。

按照往年的慣例，四個總歲數逼近三百大關的老人，中午前會先去養生館「桑一下」，接著再轉戰寶斗里的阿公店唱歌，到了晚上，則是固定在華西街的熱炒店大快朵頤一番。

「走吧，唱歌去囉！」四個人都出來後，楊老生登高一呼。

「龍仔，今年又是你第一個『繳械投降』，看來是越來越沒凍頭了喔！哈哈哈。」調侃的同時，黃蓋和還作勢襲擊棧龍的下體。

「幹！三小啦。」棧龍閃掉黃蓋和的龍爪手後，一巴掌朝他的後腦勺給拍了下去。

「啊——好痛！」黃蓋和發出一陣悲鳴。

「龍仔的尚方寶劍，是不出鞘則已，一出鞘就肯定是見血才收回的啊！」趙之虎也出聲加入戰局。「那些傻傻的越南妹，到時候就只能跪地求饒，請我們龍爺高抬貴手了啊！哈哈哈……」你一言我一句的，讓棧龍有些按耐不住，「恁娘哩，是說夠了沒啊！」

四個飽經風霜的老人，流年歲月，在他們臉上刻下了斑駁的痕跡。但，每每只要相聚在一起，嬉鬧個一陣後，光陰就彷彿回到了那曾經的年少，少了些許的憂鬱滄桑，多了幾分的純真與無憂。

「好了啦，龍仔最近才被市政府搞得心神不寧的，你們就別再消遣他了吧。」性格較為沉穩的楊老生，出聲制止道。

「不會吧！還在心煩博覽會的事嗎？」趙之虎有些錯愕地問。

「現在的年輕人就白目啊！才會搞得我們老大龍心不悅。」方才被扒頭的黃蓋和，說道。

「幹！」趙之虎伸手勾搭棧龍的肩膀，豪氣干雲地說：「兄弟們講好一起抵制的，我們絕對挺你到底。」

兄弟們的好意，棧龍是心領了，但他的內心仍微微地感到不安。因為，他知道市政府不會如此善罷甘休的。所謂的「程序正義」，指的是「跟著遊戲規則走」。身為主政者，在通達某個決定之前，應當先設立一個平臺，讓每個不同立場的人，可以在平臺內充分地發表自己的主張，傾聽他人的意見，並進而相互理解。「程序」的最終目的是取得相同的共識，並以此共識作為決策的依據。

然而遺憾的是，很多時候主政者是以「實質正義」來作為施政的手段。「善有善報，惡有惡報」，給予善者回饋、給予惡者懲罰，這是一般人最容易理解，但也是最虛無縹緲的正義。

「我想……之後市政府應該還有其他的動作才是。」棧龍緩緩地說。

「龍仔，你真是越老越沒膽耶。現在又不是什麼白色恐怖的時代，他們不會突然把你帶走的啦！」趙之虎出言安慰道。

「龍仔不是擔心自身的安危，而是怕他們對寺廟做出什麼不利的舉動。」深諳棧龍性格的楊老生，出聲說道。

「不會吧！」黃蓋和睜大雙眼，有些詫異地說：「這又不是什麼大不了的事，有必要使出報復手段嗎？」

「這事可大可小，對於某些心胸狹小的政客而言，或許我們的行為就如同抗命。」楊老生對著黃蓋和說：「『艋舺四大廟，合力打臉市政府！』試想一下，如果某天的報紙出現這種頭條的話，你覺得那些政客的顏面還掛得住嗎？」

「哇！」黃蓋和驚呼一聲。「會鬧到這麼大嗎？」

「不無可能。如果讓媒體發現只有『艋舺幫』拒絕配合的話，或許他們就會來追查原因了。」

「嗯。嗜血的媒體，絕不會放過這種大做文章的機會。」趙之虎點頭表示認同。隨後，他話鋒一轉：「不過話說回來，如果這事躍上頭條的話，兄弟們，我們就準備上電視囉！」

「喂，別鬧了！」楊老生出聲喝斥。「這不是兒戲。」

「對，此事絕非兒戲。」棧龍說道：「移駕與否的決定權不在於我們，而是神明。所以，仍必須尊重眾神們的意志才行。這個原則，沒有退讓的空間。」

其他三人聽了棧龍的說詞後，點頭如搗蒜。不過，這個沉重的話題，似乎讓原本的歡樂氣氛稍微變了調。此時棧龍趕緊轉換語氣，再說：「好啦，今天是出來玩的，別討論這個了。」

「對啦，快走吧。」楊老生附和道：「素蘭傳簡訊來，說茶都涼了啦！」

第二十二章

時間所剩無幾！

與「艋舺幫」之間的冷戰，倘若無法在元宵節前順利落幕的話，屆時在「宗教之美」這個展區內，恐怕就看不到以龍山寺為首的，艋舺四大廟門的神像了。有鑑於時間急迫，吳志耀趕緊來找何鎮堂，共商解決之道。

「感受不到市政府的誠意！」何鎮堂皺起眉頭，問道：「此話怎講？」

「這是推託之詞。他們壓根就沒打算要出借神像給我們，所以隨便找個理由來搪塞。市長您想想看，國防部徵招役男入伍的時候，需要挨家挨戶地登門拜訪表達誠意嗎？沒這種道理是吧？」

「嗯。」何鎮堂點點頭。

「況且，其他地方的寺廟都能理解我們的行文內容，並樂於配合，這就表示問題不是出在我們這裡。」吳志耀信誓旦旦地說。

「所以你的意思是，那群人自視甚高？」

「沒錯！就是這種感覺。」吳志耀說得斬釘截鐵。「我很肯定的說，那幫艋舺人在拿翹。」

「拿翹？」何鎮堂露出很是訝異的表情，「你認為他們在擺架子，故作姿態嗎？」

「是的。」

「他們憑什麼這麼囂張？」何鎮堂再問。

「我個人的推斷是，近幾年來，艋舺這些寺廟成為許多外國觀光客的必遊景點之一，而人潮就是錢潮，這也使得周邊一帶的商家因此而繁盛了起來。所以，那幫人把功勞攬在自己身上，開始趾高氣揚，眼睛長到頭頂上了。」

「這樣啊……」何鎮堂兩手交叉，露出一副沉思的模樣。

「的確，過往有好長一段時間，臺北市在都市化的過程中，出現了嚴重的『東西失衡』狀態。當時的主政者，把絕大部分的資源都挹注在東區的開發上，因而讓西區落寞了有數十年之久……」吳志耀看了眼何鎮堂後，再繼續說：「不過，自從我掌管了觀傳局後，就傾力推動『地方創生』計畫。因為這個計畫，才使得『剝皮寮歷史街區』獲得新生，因而讓艋舺多了一個吸引觀光客的文化景點。」

「所以？」

「所以我想表達的是，現在艋舺能夠恢復往日的榮光，其功勞絕非只有艋舺人自己而已。若是沒有政府單位的協助，那幫人什麼屁也不是！」

「嗯嗯，這倒是。」這番話讓何鎮堂狂點頭，表示認同。「把所有功勞都攬在自己身上，的確有些自以為是。」

眼看何鎮堂也認同自己的看法後，吳志耀決定趁勝追擊。「市長，我可以感受到那幫人的態度頗為強硬，似乎不打算再與我們對話。」

「不想對話？那就拉倒啊！」何鎮堂不以為然地說：「反正是自己放棄這個機會的，等到觀光客都被別的寺廟搶光後，再來後悔莫及吧！」

「市長，這可不妥啊！再怎麼說，龍山寺也是臺北市最具代表性的寺廟之一，如果他們缺席的話，這個展區可就不夠完美了啊！」吳志耀吞了口口水，正顏厲色地再說道：「除此之外，若是讓媒體發現我們與寺方之間有嫌隙的話，肯定會被小題大作，大肆報導一番的。屆時，所有人的焦點都會擺在這個八卦新聞上，而忽略了博覽會的本質與意義。我想，這不是我們所樂見的。」

「嗯……這倒是。」聽吳志耀這麼一說，何鎮堂微微地皺起眉頭。

「另外，對於即將接任閣揆大位的市長而言，在這個時間點，實在不宜因為這點小事，而讓媒體有大做文章的機會。這在您的網路聲量上，絕對會有負面影響的。」

前日，何鎮堂才從陳唐崧的語氣中感覺到，總統似乎仍未決定閣揆的繼任人選是誰。現在聽了吳志耀的說詞後，他也認為此時最好避免再節外生枝，造成自己的失分。「所以，你有什麼想法嗎？」何鎮堂問道。

「我認為，既然對方不打算用理性對話的方式來解決這個問題，那我們也就沒必要再熱臉貼冷屁股了。」

「所以？」

「這個博覽會是屬於公共事務，那幫人拒絕配合，很明顯就是把私人情緒參雜於其中。既然如此，我們就應該展現一點公權力，讓他們知道何謂『公私分明』。」

「小吳，你就別賣關子了，告訴我你打算怎麼做吧。」何鎮堂有些耐不住性子。

「市長，對於公權力的展現方式，我個人是有一些想法，只不過，再過幾天就過年了，我想也不要一下子就做得太絕。」吳志耀微微揚起嘴角，說：「要不然，先敲下第一聲警鐘吧……」

第二十三章

按照慣例，「十兵衛」的尾牙，都固定在小年夜這天舉行，地點就在自己的店內。他們吃的是飯店的外燴餐點，喝的是店內賣的啤酒、紅酒，以及日本清酒……等。Kevin要求所有員工都必須攜伴參加，所以小小一間店擠了數十個人，放歌縱酒，好不熱鬧。

馬路對面，一雙眼睛正注視著這個歡樂的場合。

今晚一股寒流襲來，與白天的艷陽形成強烈之對比，身上僅著單薄衣物的陳皓偉，冷得直打哆嗦。握在手中的熱拿鐵，在低溫籠罩下，早已不再燙手。

「十兵衛」的門口，停了兩臺時下最夯的電動機車。在路燈的照映下，兩臺車顯得閃閃發亮，很是耀眼。陳皓偉內心想著：莫非，那是尾牙的獎品？若真是如此的話，代表今年的業績相當亮眼。相較於前幾年，肯定是成長了許多。

在陳皓偉入伍之前，「十兵衛」的名氣沒有現在響亮，整年度的收支都還難以打平。但，即便如此，當時Kevin仍是準備了三支iPhone給大家助興。現在，已成為網路名店的「十兵衛」，營收想必早就轉虧為盈，因此，貢獻兩臺機車給辛苦的員工，也只是剛好而已。陳皓偉望著那兩臺電動機車，擅自下了這樣的註解。

Kevin是個很受員工愛戴的老闆，因為他除了出手慷慨之外，也很會炒熱氣氛，逗員工開心。這一點，從以前到現在都沒改變。

整個晚上，陳皓偉的眼神都緊盯著Kevin。此時，Kevin正坐在一位男員工的左側，而男員工的右側，則坐著一位容貌清秀，神情有些嬌羞的女孩。陳皓偉推測那兩個人應該是情侶，而通常只要遇到這種場面，就是Kevin大顯身手的時候了。

只見Kevin的手勾搭在男員工的肩膀上，臉則是朝著他身旁的女友，口沫橫飛地高談闊論些什麼。那女孩聽著Kevin滔滔不絕的同時，整個人也笑得花枝亂顫、東倒西歪的。而旁邊的男友，則是滿臉通紅地尷尬陪笑，時而出嘴反駁。就陳皓偉對Kevin的了解，面對這種年輕情侶，他肯定是生冷不忌地大開黃腔。

「我們『十兵衛』的生意真的好到不行，XXX肯定每天都累得像隻狗一樣吧？如果他晚上回家無力再『加班』的話，每天打烊後賣剩的維也納大熱狗，我都讓他帶個幾根回去，藉此讓妳彌補空虛的心靈……」諸如此類的梗，陳皓偉都會背了。

兩條鼻涕，不斷地從鼻孔內滲了出來，陳皓偉擦了再擦、擦了再擦，不一會兒的時間，他的兩袖就都濕透了。從小到大的感冒症狀，都是先由流鼻水開始的，每每只要鼻腔開始濕潤時，他的第一個動作就是先喝杯伏冒熱飲。通常若是早期發現的話，這道防線便足以幫他抵禦病毒，不至於讓狀況變得更糟。

但，若是稍有遲疑，讓病菌長驅直入的話，在極短的時間內，身體就會開始出現不適的症狀。多年來的生病經驗，讓陳皓偉對於感冒的敏感度高於常人，他很清楚地知道，自己應該在什麼時機築起第一道防線。

突然的一陣歡呼聲，讓陳皓偉回過神來。他往前一瞧，原來，第一臺機車的主人誕生了。然後，在眾人的鼓噪聲中，Kevin再把手伸進那棕色的紙箱內，欲抽出第二位幸運兒。為了不讓自己瞄到紙箱內的號碼牌，Kevin刻意把臉轉往前方的馬路上，霎時，陳皓偉感覺心臟跳得飛快，這頻率已是接近心悸的程度了！原來就在這一瞬間，他與Kevin對到了眼……。

陳皓偉下意識地轉身狂奔，奔跑的同時，他內心不斷地喊道：「不行，不能讓他發現我！」「不能讓他發現我！」

但，越是跑著，他感覺心臟越是難受。依據過往的經驗，如果再這麼持續跑下去的話，不出數分鐘，心臟便會發出悲鳴，然後，自己將會陷入到一個未知的世界內……。意識到這點的陳皓偉，在穿越了數條巷弄後，強行發出了「停止，立刻停下來！」的指令。於是，急速狂奔的雙腿，這才漸漸踩下煞車，直至緩慢步行為止。

緩步走著的陳皓偉，靜待心跳頻率恢復正常。前方的7-11內，擺著數張讓客人用餐歇息的桌椅，他看到後，告訴自己：「去那裡坐坐吧。」

走到店門口，自動門應聲開啟，陳皓偉一個跨步向前之際，突然有人抓住他的右手臂！「皓偉，你怎麼會在這裡？」才剛停歇的躁動，又因這個聲音而蠢蠢萌發了起來。

陳皓偉輕吸一口氣，強行抑制心頭那股悸動不安的情緒。隨後，他轉過頭，緩緩地說：

「你，抓痛我了呢！」

「啊！不好意思。」Kevin趕緊鬆開手。「人都來了，怎麼不進來打聲招呼呢？」

陳皓偉的眼神飄向地上，苦笑地搖了搖頭，說：「你又不是不知道我的個性，我最不擅長那種場合了……」

「在馬祖過得如何呢？還適應嗎？」

「呃，我調回臺灣了。」陳皓偉低聲說道：「現在改服替代役。」

「啊！」Kevin一臉驚訝。「怎麼，都沒通知一聲？」

這個時候，陳皓偉才抬起頭，正眼瞧向Kevin。近距離一看，他發現Kevin的頭髮好像才剛修剪過，雖然仍是旁分油頭造型，但耳朵兩側的層次感，殘留著剛被推薄後的痕跡。至於從鬢角延伸到下巴的絡腮鬍，其長度與濃密度都更甚以往。「這，也不是什麼大不了的事，所以沒想到要告訴你。」陳皓偉帶著笑意，緩緩地說。

「太見外了吧！」Kevin不自覺地拉高音調，「都回臺灣了，至少也應該通知我一聲啊！」

不知何故，從Kevin的語氣中，陳皓偉感覺到些許的責備之意。「不好意思。呵呵。」他再度低下頭，露出了不知是尷尬還是羞澀的苦笑。

「走吧，去店裡喝個兩杯，為你的見外賠不是。」

「啊！」這突如其來的邀約，令陳皓偉不知所措，心臟再度怦怦跳了起來。「這……不好吧。」

「走啦，大家都很久沒見到你了，去跟老同事敘敘舊吧。」說話的同時，Kevin抓住陳皓偉的手，強行拖著他往前走去。

「這……不太……不太方便！」陳皓偉的腳步一個踉蹌，差點跌倒在地上。

看到陳皓偉差點摔個狗吃屎，Kevin非但沒有因此而鬆手，反倒是加大力道，更使力地抓著他。「害羞什麼啊？又不是不認識，喝個兩杯無傷大雅啦！」

瞬間，眼前一陣頭暈目眩，強烈的噁心感湧上心頭。陳皓偉知道大事不妙，他錯過了構築第一道防線的時機了。「Kevin，不要，不要這樣……拜託……」幾顆汗珠，從額頭滑到了眼皮前端，垂掛在睫毛上。視線所及的一片光景，在汗珠的折射下，顯得模糊且雜亂無章。

不知Kevin是否沒聽到自己氣若游絲的聲音，還是根本就視若無睹。霎時，一股莫名的恐懼感滿溢而出。「我……不太舒服……能不能請你，不要這樣……」

目光穿過汗珠，望著Kevin那張變形扭曲的側臉，陳皓偉感覺某股衝動佔據了他的大腦，控制了他的行為。現在，他是一隻慾望高漲的野獸，當野獸不再掩飾自己的真面目時，其力量會在一瞬間變得無窮之大。這個時候，被牠們鎖定的獵物，都像隻待宰的小羊羔，無所遁逃。

毫無拚搏之力的小羊羔，就這麼被拖行到慶城公園的松樹林內。眼看四下無人，Kevin伸手環抱他的腰際，嘴巴湊到他的耳垂邊，一口含了上去。小羊羔強烈地感覺到，自己的心臟正在咚、咚、咚地跳躍著，隨著跳動速度越來越快，他開始感到胸悶、盜汗……。這不是個舒服的節奏，真的，一點也不舒服。

胸悶、盜汗等的症狀，似乎無關於感冒。心悸？對，就是心悸！依據過往的經驗法則，這是心臟發出的悲鳴之聲，距離那個未知的世界——不遠了。

在意識漸趨模糊之際，小羊羔感覺自己的耳朵正被舔食著。那條頑皮的舌頭，就像小男孩在沙坑玩耍般的，不停地挖掘、探索某個國度，某個深藏於沙堆下的神祕國度……。

「不！」小羊羔的內心中，發狂似地嘶吼著：「不是這樣的——」

第二十四章

除夕　PM 6:00

一進門，吉哥便匆匆地把便當和一袋蘿蔔湯置於餐桌上。便當是購自於廣州街上的自助餐店，三樣青菜輔佐一塊炸排骨，總共八十五元。蘿蔔湯則是店內提供的免費湯品。

「這個便當給你，先簡單填飽肚子吧。」他轉頭朝向沙發上的田中，透過翻譯機說道。

原本專心看著NHK新聞的田中，轉頭過來向吉哥道謝。這些日子以來，吉哥買什麼他就吃什麼，吉哥不在的時候，他就一個人默默看電視。他不吵不鬧，靜靜等待「復仇之日」的來臨。

昨晚，吉哥告訴田中今天是除夕。除夕夜是闔家團圓的日子，但對於在廟裡工作的人來說，卻也是一年當中最忙碌的一天。所以，他告知田中今晚無法陪他吃飯。

日本也有除夕，他們稱呼除夕夜為「大晦日」。只不過，大和民族在明治維新後改用格里曆，所以「大晦日」指的是國曆12月31日這一天，而非農曆的時節。雖然過節的時間有差異，但一家人在除夕夜吃團圓飯的習俗，基本上兩個國家是一致的。

說起闔家團圓，這般美麗的光景，也曾出現在這間房子裡過。但，一切的一切，就在吉哥決定「做自己」後，正式宣告破滅。一段外人看似美滿的婚姻，僅維持了兩年左右便告終。

「你是不是在外面有女人？有的話就坦白說，不要用這種冠冕堂皇的理由來搪塞我——」凜冽、嚎啕的哭聲，響徹在這個共處了將近兩年的房間內。

「變心」這兩個字，就字面上的意義來說，可解釋成對人、事、物的愛或忠誠變了調。但就一般世俗的眼光來看，卻有著喜新厭舊、見異思遷等的負面印象。吉哥沒有在外面拈花惹草，更沒有別的女人，所以他壓根不想用「變心」來解釋自己的決定。

「對不起，我『走心』了。但是我可以保證，我在外面絕對沒有女人。」在傾聽了內心的聲音後，吉哥明瞭自己終須順著心走，從這一刻開始，他要讓「心」來主宰一切。

「我對妳感到很抱歉，真的很抱歉……」

或許，這是對雙方都好的決定——

田中拿起便當後，再回到那張軟硬適中的沙發上，繼續追蹤日本的晚間新聞。

吉哥帶著微笑提醒他：「別忘了還有湯喔。」

田中露出略為尷尬的表情，面有難色地說自己不習慣蘿蔔湯的味道。

「啊！不好意思，我現在才知道。」吉哥這才恍然大悟，難怪之前裝回來的湯，他都沒喝兩口就倒掉了。「呵，果然還是味噌湯最對味吧。」

田中點點頭，表示同意。

「好啦，你慢慢吃吧。我先回廟裡了。」吉哥提起公事包，準備往門口走去。

此時，田中揚起嘴角，對著吉哥說：「明けましておめでとうございます！」

除夕　PM 7:00

「每條大街小巷，每個人的嘴裡，見面第一句話，就是恭喜恭喜，恭喜恭喜恭喜你呀，恭喜恭喜恭喜你……」愉悅的旋律，輕飄飄地縈繞在廣州街上。

此時，正是家家戶戶團圓圍爐的時光，寒風吹拂的大街上，人煙較平時略為稀少。幾名看似歸心似箭的路人，腳步匆匆地快速走過，絲毫沒有停留的打算。唯有燈柱，不畏寒冷地佇立著，用身上的微弱燈光，照亮大家的歸鄉路。

依據往年的經驗，來廟裡參拜祈福的人潮，約略會在八點過後逐漸湧現。在那之前，龍山寺的員工們，一邊吃便當、一邊話家常，等待上工。無法在除夕夜與家人圍爐，內心雖不免寂寥，但與同事們一起扒飯，也未嘗不是另一種團圓。因此，所有人的臉上都帶著笑意，用雀躍的心情迎接這個特別的夜晚。

或許是上了年紀的關係，腸胃狀態一年不如一年，棧龍已經許久沒有獨自吃完一個便當了。他隨意扒了幾口飯後，便逕自從辦公室內走了出來，在龍魚造景的噴水池前，觀看一隻隻肥厚的鯉魚，在水面下快意自在地遨遊著。

按照慣例，農曆過年期間，龍山寺都會在山川殿前的廣場上，設置祈福主燈與平安總燈。祈福主燈的造型是以生肖為主題，明年是虎年，所以寺方設計了一隻身穿長袍馬褂的「虎將軍」，高高佇立在廣場的左側。

「虎將軍」的下方，擺置了一隻Q版的觀世音菩薩花燈，予以點綴。而廣場右側的平安總燈，則是以花團錦簇的燈飾來襯托高高掛起的主燈。主燈的四周圍，寺方設置了以「春夏秋冬」為主題的Q版神像，供人拍照留念。

兩盞主燈的下方，各保留了一個可供成人站立的空間，好讓民眾「鑽燈腳」祈求一整年的平安。棧龍走到兩盞主燈的前方，佇足觀賞了一番後，不禁揚起嘴角點點頭，露出了甚是滿意的表情。「想必今年也會深獲好評吧？」突然，後方傳來一句說話聲。

棧龍轉頭一看，望見吉哥正站在自己的後方。「阿吉！你跑去哪裡啦？」

「呃，我回家一趟。」

「回家？發生了什麼事嗎？」

「呃……沒什麼事啦。拿個東西而已。」

「喔，沒事就好。」說完，棧龍伸手拍拍吉哥的肩膀，「等會兒，就麻煩你支援安太歲的窗口了。」

「沒問題。」

「明年是虎年，你知道虎年犯太歲的四大生肖嗎？」棧龍突然出了道考題。

「廢話，當然知道啦！」吉哥自信滿滿地答道：「虎本命年太歲；生肖猴沖太歲；生肖蛇邢太歲；生肖豬害太歲。如何？沒說錯吧？」

棧龍有些驚訝，吉哥的回答超出他的意料之外。「我操！果然有兩把刷子喔。」他作勢朝吉哥的胸口重捶一拳，說：「老子還以為你只會記帳呢。」

吉哥伸出雙手，做出防禦的姿勢，「老大，這是基本常識吧！」

「開玩笑的啦。不過話說回來，這幾年你在工作上的表現真的沒話說，若是公司要選模範員工的話，我鐵定提名你。」

「老大……」吉哥睜大雙眼，露出一副不可置信的表情。「我受寵若驚啊！」

「說真的，你的貢獻我都看在眼裡，我衷心感謝你對公司所做的一切。」棧龍心有所感地說。

「唉呦……幹嘛這樣啦！」吉哥像是被心儀的男生告白似的，瞬間雙頰泛紅。

「操你媽的！要過年了，就不能讓我稍微感性一下嗎？」

「好啦，不哈拉了。」為了掩飾自己的難為情，吉哥轉身，欲朝辦公室的方向走去。「我先進去了。」

「阿吉。」棧龍出聲喚住他，說：「過完年後，我好好幫你物色個對象。」

棧龍這麼一說，瞬間讓吉哥的心跳加速。「呃，不……不用麻煩了啦。」

此時，棧龍靠到吉哥的耳畔，輕聲說道：「鐵杵放著不用，可是會生鏽的喔……」語畢，他露出一抹詭異的微笑。

除夕 PM 11:00

攜家帶眷的參拜人潮逐漸湧現，每個人都以雙手合十取代線香，向神明祈求一整年的平安順遂。每到這個時候，棧龍都會佇立在龍廳的入口處，向前來參拜的鄉親父老恭賀新年，噓寒問暖一番。

「阿財恭喜啊。你怎麼都不會老啦！一定交很多女朋友對吧？哈哈哈……」

「阿梅，妳孫子這麼大啦！真是好命啊。」

「王仔，麵店的生意如何啊？改天再找時間去給你捧場一下。」

「金福，怎麼走路還是一拐一拐的啊？等會兒趕快找華佗仙師拜一下，保佑你早日康復。」

「蘭嬌，恭喜發財啊。」蘭嬌姨牽著安娜走上龍廳的階梯，棧龍雙手合十，向她們道賀新年。

「龍叔，恭喜啊。」

「怎麼？今年還帶個小跟班啊！」棧龍望向旁邊的安娜，似乎忘記之前曾讓她按摩過。

「龍叔你有所不知啊！我們安娜屬蛇，明年犯太歲，所以今天帶她來安個太歲。」

「靠！原來越南也有安太歲的習俗喔？」棧龍張大雙眼，露出一副驚訝的表情。

「我是不清楚越南有沒有這個習俗啦。但是既然住在臺灣，就入境隨俗，姑且信其有吧。」

「沒錯、沒錯，這個觀念正確。有拜有保庇，沒拜出代誌。」棧龍豎起大拇指，表示肯定之意。「等會兒先拿張表格填資料，之後再抽號碼牌等叫號，如果不知道出生時辰的話，可以請阿吉協助查詢。」

此時，吉哥突然從辦公室內走了出來。「靠杯哩！真是心有靈犀啊。說曹操，曹操就到。」棧龍訝異地說道。

「老大。」吉哥大聲呼喚棧龍，道：「剛才有個電視臺的女記者打電話來，說想要採訪你。」

「電視臺！」棧龍的眉頭一皺，問：「哪一家電視臺？」

「TVGS。」

「是要採訪什麼鬼啊？」

「她想問的是，為什麼今年過年會突然決定以心香取代線香？另外，未來是否會完全撤掉香爐，讓信眾以雙手合十的方式向神明祈福？」為了響應政府的環保政策，減少空氣汙染，今年的除夕到初三，龍山寺決定不主動發線香給信眾，鼓勵大家以「道德心香」的方式向神明祈願。

「我操！這有啥好問的啊。」棧龍翻了個白眼，露出不以為然的表情。「還不就是為了員工與信眾的健康。」

「哇——龍叔要上電視了耶，好期待喔！」蘭嬌姨推了棧龍一把，調侃道：「還不趕快去廁所洗把臉，梳妝打扮一番。」

「龍叔已經很『衰』了，不用再打扮了啦。」一旁的安娜說道。

聽安娜這麼一說，蘭嬌姨嚇得趕緊糾正道：「安娜，話要講清楚，龍叔是『帥』，不是『衰』。」說完，她轉頭面向棧龍，道：「龍叔，大人有大量，你可別在意啊。」

「他媽的！我有這麼小家子氣嗎？」說完，他轉頭詢問吉哥：「記者什麼時候到？」

「大概三十分鐘後吧。除了老大之外，她也想採訪現場的民眾，詢問大家對於這個改變的看法。」

「好，我知道了。」雖然棧龍的表情顯得雲淡風輕，但其實內心是七上八下，緊張得不得了。

「龍叔，那我們先進去囉。」臨走前，蘭嬌姨再以幸災樂禍的口吻說道：「期待你的表現喔！」

「靠，還挖苦我哩！」棧龍拍了下蘭嬌姨的頭。「趕快進去啦。」

「加油，龍叔大『帥』哥。」安娜再補一槍。

「哈哈哈……」吉哥放聲笑了出來。

除夕 PM 11:30

兩名法師各自登上鐘樓與鼓樓，準備進行一年一度的鳴鐘擊鼓賀新正的儀式。先鳴鐘、後擊鼓，直至108響為止。

鐘鼓樓皆為六角形的樓閣建築，屋頂為轎頂式造型，屋脊以流暢的曲線表現出輪廓的層次感。兩者分別位在正殿左右護龍的上方，與三川殿及正殿相互輝映，形成一個莊嚴肅穆的四角開放空間。

自從知道電視臺要來採訪後，棧龍便感覺腸胃蠕動加劇，短短三十分鐘內跑了四趟廁所。所幸第四次「卸貨」時，終於把體內的「庫存」給清光了，現在他感覺全身輕盈，通體舒暢。

法師拉抬木椿，準備以鐘聲喚醒陽氣，昭示一年的欣欣向榮、五穀豐登。棧龍站在廁所門口，閉上雙眼，聚精會神地等待那道劃破長空的巨響。

啪——啪啪——

咦！這是什麼狀況？

就在鐘聲響起前的那一刻，棧龍聽到疑似跳電的聲音。

瞬間，原本燈火通明、燁然炫目的龍山寺，在此起彼落的尖叫聲中化為死寂。此時，這座廟宇彷彿被一條巨大的黑布所吞噬，讓人伸手不見五指，恐懼感油然而生。

「怎麼會這樣啊？」「停電！是停電嗎？」「出去，往外面走啦！」「有人跌倒了，不要擠啦！」「阿共仔打來了，阿共仔打來了啦！」一陣又一陣的躁動聲取代鐘鳴，陸續傳到棧龍的耳畔。太過衝擊的場面，霎時讓他傻了眼，呆立在原地許久。

「老大、老大——」吉哥拿著手電筒，在黑暗中呼喊、搜尋棧龍的身影。

「這裡！」棧龍回過神來，大聲回應道：「我在廁所門口。」

聽到聲音，吉哥穿過擁擠的「逃難」人潮，舉步維艱地往廁所的方向走去。棧龍的身影映入眼簾後，他大聲喊道：「老大，停電了！整間廟都停電了！」

棧龍轉頭望向山門外的廣州街，定睛一看，發現路燈通明依舊，店家的招牌也仍持續閃爍著。「幹！這是什麼狀況？」

跳電？對，一定是跳電！棧龍指示道：「阿吉，去檢查變電箱。」

「變電箱？」

「對，變電箱。」

「好。」吉哥不疑有他，立刻朝變電箱的方向跑去。

這場景，宛如五月天演唱會的散場，大量人潮在推擠中湧向山門。但不同的是，這裡沒有滿足或不捨的表情，只有滿滿的錯愕與驚恐。「大家小心自己的腳步，慢慢走不要推擠，請把小孩牽好。拜託、拜託。」內心滿是問號的棧龍，故作鎮定地大聲疾呼。

突然，他手中的電話響了起來，是一通不明來電。「靠杯哩！現在是要怎麼採訪啊？」呢喃一句後，他接起電話：「你好，請問哪裡找？」

「不好意思，百忙之中打擾了。」一名年輕男子的聲音。

「你哪位啊？」棧龍的語氣很是不耐。「有什麼事嗎？」

「我是臺北市觀傳局局長，敝姓吳。」

「觀傳局？」棧龍的眉頭緊鎖，內心又浮現了好幾個問號。

「對，觀傳局。」吳志耀揚起嘴角，說道：「棧先生。莫驚慌、莫害怕，這一切的一切，都會在三分鐘後結束的。」

聽吳志耀這麼一說，棧龍似乎懂了什麼。這時候，一股怒氣，讓他的血壓直線飆升，瞬間感到頭暈目眩。「幹……幹恁娘哩！」

「呵呵，別氣、別氣。我謹代表臺北市政府，向您老人家道聲新年快樂、萬事如意。以上。」

「臭卒仔——」棧龍罵到一半，吳志耀便把電話給掛了。

面紅耳赤的棧龍，眼睛布滿血絲、腳步略顯不穩。此時，手機又響了起來，是吉哥的來電。

「老大，變電箱看起來沒問題，也沒聞到燒焦的味道。」

「我知道，你先回來吧。」棧龍頓了下後，再說：「等一下就有電了。」

「啊！真的嗎？」吉哥驚訝地問：「你怎麼知道？」

*

「唉呦！」大量人潮從龍山寺內湧了出來，美女記者不慎被推倒在地上。「好痛喔……」

「趕快站起來，要連線了。」攝影大哥扯開喉嚨喊道。

「各位觀眾，目前記者所在的位置是萬華龍山寺的正門口，現在這裡非常混亂，人群死命地逃離，唉啊……」麥克風飛了出去，美女記者再度被爆衝的人群給撞倒。

她跪坐在地上，四處張望，搜尋著脫手而出的麥克風。ＳＮＧ連線中，這跌個狗吃屎的糗態，透過攝影機，及時地被電視機前的觀眾一覽無遺。「哪裡？麥克風在哪裡啊？」

「在妳後面！」一陣兵荒馬亂中，攝影大哥看到麥克風落在記者的腳後跟處。

拾起麥克風後，她快速站起身來，強加鎮定地說：「根據記者的觀察，現在龍山寺內一片漆黑，似乎正處於停電狀態，但是，目前仍不清楚停電的原因為何，啊……」第三度被撞倒，但，這次她將麥克風牢牢地握在手中，坐在地上繼續播報：「各位觀眾非常抱歉，由於這裡太過混亂，所以必須先將現場交還給棚內的主播。以上是TVGS記者，哇啊……不要踩……啊……」

第二十五章

冷氣機嘎嘎乍響地作動著，濃厚的濕氣感充斥在房間內的各個角落，一股揮之不去的霉臭味，在這個封閉的空間內無限循環。每一口呼吸都讓人感到不安、不甚舒適。如果不是為了省錢或避人耳目的話，誰會選擇來這種地方開房間？

嘩啦啦的流水聲，從浴室內傳了出來。

陳皓偉躺在泛黃並帶點污漬的白色床單上，晦暗無神的雙眸，呆滯地望著天花板。某些事對於某些人而言，或許就如同日常茶飯般的理所當然。但是對於陳皓偉而言，即便料想得到是這種結局，此刻仍是只有說不上的失落與惆悵而已。

「謝謝你來看我，真的好開心與你重逢，真的……」

短短一行字，彷彿一顆小石子被丟到池塘內，讓平靜無波的水面起了漣漪。甚至，讓陳皓偉忘卻了前次相逢時半推半就的痛……。

「想你了，可以見你嗎？」

被Kevin目擊的那一瞬間，便是陳皓偉全面淪陷的開始——

「你不沖一下嗎？」半裸著上身的Kevin，用浴巾擦拭頭髮的同時，問道。

「沒關係。」陳皓偉坐起身來，說：「不用了。」

「我等會兒要回『十兵衛』。」Kevin將浴巾扔到床上，拿起披在椅背上的白色短袖T恤，「你呢？直接回家嗎？」

「嗯。」陳皓偉點頭，回應道：「你先走沒關係，我再自己回去。」

「好，路上小心。」

踏出陰暗的小旅館，陳皓偉朝著中山北路二段的方向走去。

此時，天空掛上一層灰黑色的濾鏡，風雨欲來的氣味很是濃厚，方才鼻腔內的霉臭味，瞬間被這股「下雨的味道」給取代。一名洞察機先的路人，從便利商店內買了把傘出來，看到這景象後，陳皓偉也猶豫是否該如法炮製一番。

就在他遲疑不決之際，突然一臺小黃停在馬路邊，車內的運將朝著他猛揮手。「小哥，進來吧。」

甚是錯愕的陳皓偉，呆站在原地，不知該如何是好。他心裡想著，好一陣子沒坐計程車了，想不到現在生意如此難做，運將大哥還得隨機在路邊招客。「喂，進來吧。」運將放聲大吼：「快下雨了！」

一聽到關鍵字後，陳皓偉不疑有他，立刻一屁股坐進車內。「麻煩到仁愛路三段，謝謝。」

「沒問題。」運將答道。

過了五分鐘，細細雨絲，從昏暗的天空上飄了下來。細雨滴落在車窗後，變成了一顆顆的小水珠，坐在後座的陳皓偉，腦袋放空，眼睛無神地望著窗外的模糊景象。

「好險你有搭我的車，要不然就準備當落湯雞了。呵呵……」運將自顧自地笑著。

「是啊。」陳皓偉客套地回應道。

過了兩個十字路口後，運將再度開口：「小兄弟，看你年紀挺輕的，大哥給你個小小忠告。」

「啊！」陳皓偉不解地問：「什麼忠告？」

「我跟你說啊，在男人的潛意識裡，絕不會跟一個可以輕易上床的人長相廝守。很多剛墜入情網的小女生，呃！還有小男生，都天真的以為男人和你上床之後，便對你有了責任。但其實這個想法非常愚蠢，無論男人以什麼方法讓你同意與他上床，這都只是加快他逃離你的時間而已。」運將吞了口口水，再說：「每個男人都是一個樣，他們第一眼便能看出這個女人或男人是用來上床的、玩感情的，或是娶回家的。」

運將的這番話，似乎說到了陳皓偉的心坎裡，他的心臟撲通撲通跳，只能默默地深呼吸、吐氣，來抑制內心波動的情緒。「你，為什麼要對我說這些？」

「我只是想提醒你，男人把玩伴跟老伴分得很清楚的，如果你注定無法成為他的老伴，那就切勿成為他一時的玩伴。否則，最後受傷的就只有你自己而已啊！」

聽到這席話，陳皓偉覺得事有蹊蹺。「等一下，你……知道些什麼嗎？」他緊皺眉頭，不安地問道。

「實不相瞞，你是這七天以來的第三個人……」運將幽幽地說。

「……」陳皓偉默默低下頭，似乎聽懂了什麼。

「其實不只你這個小鮮肉啦，另一個熟男大叔，也是被他拐得一愣一愣的。」

陳皓偉露出一絲苦笑，說：「大哥真是觀察入微呢！看來，你經常在那間旅館招客是吧？」

「沒錯，我常在林森北路這一帶溜搭。至於那間旅館……」運將頓了半晌後，緩緩地說：「其實，我是在記錄『他』的行蹤。」

「『他』的行蹤？」陳皓偉的眼睛睜得老大，驚訝地確認道：「你指的是——K、Kevin？」

「嗯。」運將點了個頭。

「你……為、為什麼？」

「為什麼要跟蹤他？是嗎？」

「對。你為什麼要跟蹤他？」

「這個嘛……」運將微微皺起眉頭，有些為難地說：「不好意思，目前還不方便透漏。」

前方路口的號誌，從黃燈切換成紅燈，運將腳踩剎車，緩緩將車停在白線之前。「等到時機成熟後，你自然就會知道了。」

「那，我得知道你的聯絡方式才行啊！」陳皓偉說道。

「來。」運將轉過頭，遞了兩張名片給他，道：「一張你收著，另一張你在背面寫上電話，往後我們隨時保持聯絡。」

「好的。」陳皓偉接過名片，看了一眼後，說：「戴大哥，我就等你的消息了。」

第二十六章

開工儀式結束，領到紅包的員工們，三三兩兩地回到座位，準備開始新年度的工作。缺席新春團拜的劉致中，一大早便獨自窩在辦公桌前，認真地研究東山建設傳來的合約內容。

過年前，與龍山寺之間的協商破局後，他索性把心思放在王暉的合約上，希望趕在春訓之前決定新東家，以免讓王暉在新球季落得「失業」的下場。

東山建設提供的是教練約，他們希望聘請王暉擔任二軍投捕教練，負責訓練陣中的年輕球員。除了合約年限是三年的複數年契約外，所開出的薪資條件也優於一般教練的平均水準。基本上，劉致中認為這份合約很有保障且深具誠意，站在經紀人的立場，他會希望王暉立刻簽約。

但是，王暉會輕易妥協嗎？

現在有兩條路可以走，第一是再與王暉詳談，讓他了解目前的情勢險峻，如果執意要維持球員身分，繼續奔馳在球場上的話，最後可能會落得兩頭空；第二是與東山建設協調，說服他們以「球員兼教練」的身分簽下王暉，讓他持續保有打球的機會。

王暉沒有任何執教經驗，東山建設提供教練約給他，基本上也算是一種賭注。另一方面，如果王暉能在這個角色上發揮所長，幫助年輕球員成長的話，未來在教練一途的發展上，也可能是無可限量的。經過一陣思考後，劉致中拿起手機，準備撥電話給他。就在此時，鈴聲突然響了起來，是王暉的來電。

「我們真是心有靈犀啊！」劉致中笑著說道：「我才正想打給你呢，想不到你就來電了。」

「你們今天開工是吧？」

「是的，今天開工。」劉致中心想，這傢伙鐵定是來問合約進度的，所以未等他開口便主動說道：「那個，關於合約的事，」

「你有看到龍山寺的新聞嗎？」王暉打斷劉致中的話，劈頭問道。

「龍山寺？今天的新聞嗎？」

「不是今天啦！是除夕夜，發生在除夕夜的事。」

「除夕那晚都在打麻將，根本無暇看電視。」劉致中口氣急促地問：「到底發生什麼事了？」

「我用Line傳新聞畫面的連結給你。」說完，王暉逕自掛上電話。

點開連結後，劉致中看到新聞畫面中的龍山寺，一片黑燈瞎火，什麼過年的氣氛也沒有。而大批民眾彷彿聽到空襲警報似的，從山門狂奔而出，一副緊急疏散，準備找地方掩護的模樣。

「各位觀眾，目前記者所在的位置是萬華龍山寺的正門口，現在這裡非常混亂，人群死命地逃離，唉啊……」

「根據記者的觀察，現在龍山寺內一片漆黑，似乎正處於停電狀態，但是，目前仍不清楚停電的原因為何，啊……」

看完三分鐘的影片後，劉致中回電給王暉，說：「只是一般的停電吧。」

「你認為是單純的停電？」

「不是嗎？」

「你沒發現事有蹊蹺？」

「……」

感覺劉致中似乎一頭霧水，答不出個所以然來，王暉索性說出自己發現的疑點：「影片中拍到廣州街的路燈與店家，都是明亮的狀態，這點你不覺得奇怪嗎？若是停電的話，應該整條街都是黑茫茫的吧？」

聽了王暉的見解後，劉致中覺得不無道理。「所以你的意思是，龍山寺被擺了一道？」

「你認為這個可能性有多高？」

「坦白說，這種行為，就如同小屁孩在惡作劇一般，實在有點難以置信……」

「呵，政治人物的情感智商啊，不是我們一般人能夠理解的。」王暉頓了下後，再道：「其實我打給你的目的是，想問你，要不要再去了解一下狀況？」

「這個嘛……」劉致中的雙眉微皺，一副有口難言的模樣。

自從與龍山寺的交涉觸礁後，劉致中在精神層面上，就時常出現緊張、焦慮，充滿罪惡感等的負面情緒。因此，在觀傳局沒有捎來任何消息之前，他想先暫時躲避一陣子，不主動聯繫對方。「心理防禦機制」是每個人與生俱來的自我防衛能力，透過「逃避」這個手段，可以讓緊繃的心靈暫時得到紓解。

但不幸的是，這段時間以來，劉致中的潛意識仍三不五時地提醒自己：「你這傢伙，躲得了一時，躲不了一世啊！」所以，他根本無法達到完全脫離的狀態。

「嗯。」劉致中嚥了口口水，說：「我再去問一下那位替代役小哥吧。」

「好。有什麼需要的話，就儘管告訴我吧，畢竟，我可是活動的代言人呢！」

「對耶！我都快忘記你是代言人了。呵呵。」笑了兩聲後，劉致中想起合約的事，「對了，關於東山建設的合約內容，我正想找你談一下。」

一聽到「合約」兩字，王暉突然靜默下來。

「對方開出的是複數年的教練約，薪資條件相當優渥，等會兒我把合約內容傳給你看。」

「阿中。」王暉打斷劉致中的話，說：「我先轉傳一段訊息給你，你看一下吧。」

「啊！」劉致中有些錯愕。「喔，好。」

數秒後，劉致中的手機跳出一段文字：「嗨，新年快樂。聽說你的合約還沒著落，如果不嫌棄的話，新球季再一起並肩作戰吧。」

這封訊息的發信人是——陳威和。

第二十七章

元宵節一過，棧龍便招集楊老生等人前來龍山寺，共商因應對策。

四個老人面對面坐在會議室內，表情甚是凝重。「他媽的！這時機還真是抓得恰到好處，挑釁意圖也太明顯了吧。」趙之虎憤憤不平地說。

「對方想提醒我們，別忘了誰才是老大。」黃蓋和補充道。

「這是警告。他們想傳達的是，該適可而止了。」楊老生望向棧龍，問：「龍仔，你覺得呢？」

「警告也好，宣戰也罷。不管意圖是什麼，既然敢在太歲頭上動土，那就準備接受制裁吧。」

「龍仔，咱們四個都是糟老頭了，可無法再像以前一樣，動不動就跟人家拚個你死我活啊！」眼看棧龍目露兇光，趙之虎擔憂地說。

「對啊，現在已經不是那個打打殺殺的時代了，衝動不得啊！」黃蓋和也皺起眉頭，附和道。

深黯棧龍個性的楊老生，直覺他所謂的「制裁」，應當不是另外兩人所想的那樣。「龍仔，你應該不是那個意思吧？」

「放心，老子有自知之明，知道自己打不動了。」棧龍揚起嘴角，再道：「況且，這次的對手是一群『合法黑道』。所以，理當要用合法的手段來對付，是吧？」

「呼——那就好。」趙之虎作勢吐了口氣。「既然如此，你所謂的『制裁』，是怎麼個制裁法啊？」

「呵。」棧龍笑了一聲後，說：「獨立！」

「獨立——！」另外三人同聲複誦道。

「對。我要發起獨立運動，讓艋舺脫離臺北市的管轄範圍，朝著直轄市的目標前進。」瞬間，棧龍的眼神綻放出光芒。

趙之虎等人的嘴巴微張，露出一副「你在共三小？」的表情。「龍仔。這個idea，乍聽之下，我是說乍聽之下啦，實在、實在有點……」趙之虎支吾其詞。

「實在有點荒謬。是吧？」棧龍臉上帶著笑意，解釋道：「這個理念，乍聽之下的確很荒謬。但是，在執行面上並非不可行。」

「龍仔，你確定執行面上是可行的嗎？」楊老生露出甚是疑惑的表情，說：「就我所知，目前臺灣六都的人口數都至少超過一百八十萬人，而我們艋舺的居民，再怎麼『生產報國』也不可能超過那個數字啊！這樣是要如何升格成直轄市呢？」

「你說的是《地方制度法》的規定。的確，就目前的法條而言，一百二十五萬以上的居民，是能否升格直轄市的基本門檻。但是，法是人定出來的，既然是人定的，當然就有機會修改。其實，國際上對於直轄市的定義均不盡相同，小至一個村，大到一個省或獨立州，都可能由中央政府直接管轄。」棧龍嚥了口口水後，說：「實不相瞞，在找你們過來之前，我已經先就修法的可能性一事，請教過我們這區的林委員了。」

「啊！」其他三人再度睜大雙眼，露出極度驚訝的表情。

「根據林委員的說法，只要有立委提案，立法院便會針對法條的適切與否舉行公聽會。若能在公聽會上舉出其他國家的案例，成功說服與會委員，讓他們認同的話，下修人口規定這件事，就非癡人說夢了。」

「龍仔，我覺得這個想法太過一廂情願了。」楊老生表情嚴肅地說：「即便人口數的規定解套了，也還有其他的評定標準不是嗎？事情沒有想像中的那麼簡單吧？」

「當然，除了人口數的規定外，政治、經濟、文化等的發展，也是升格與否的判定標準之一。但是，我認為那些都是小問題，我們最大的阻礙仍在於人口數這項限制，若是能成功修法的話，在『獨立』這條艱辛的道路上，就等於是把最大塊的石頭給搬開了。」

棧龍說得信誓旦旦，但似乎仍無法讓其他人信服。黃蓋和有些不知所云地說：「我的腦筋不靈通，聽不懂什麼法規的事。但，我的想法是，如果這麼簡單就升格成功的話，那像中和、木柵、左營……等其他地區的居民，難道不會也想提出申請嗎？屆時，臺灣豈不是多了一大票的直轄市出來！」

聽了黃蓋和的說詞後，棧龍無奈地搖搖頭，道：「我們『艋舺市』，擁有為數眾多的歷史古蹟與文化遺產，在臺灣歷史上的地位，豈是其他地區能夠比擬的呢？你們要對自己有信心，不必如此妄自菲薄。」

眼看棧龍正在興頭上，趙之虎著實不忍再潑他冷水。「龍仔，大家做了一輩子的兄弟，所以講話比較直接，你就別介意了。如果你真的決定要這麼搞的話，我們也一定會挺你到底的，對吧？」說完，他看了另外兩人一眼。

聽了趙之虎的一席話，黃蓋和立刻改變風向：「廢話！這還用說嘛。兄弟相挺，天經地義。」

聽到「兄弟相挺，天經地義」這句話，棧龍臉上硬梆梆的線條，才稍微鬆弛了下來。「謝謝，謝謝你們。其實，有件事，真的需要兄弟們的幫忙……」

「別客套了，什麼事就明說吧。」趙之虎豪邁地說。

棧龍沉吟了半晌後，緩緩說道：「我想，請各位陪我一起接受訪問。」

「訪問！接受誰的訪問啊？」

「電視臺。」

「啊──！」

「我要在攝影機面前，發表『艋舺獨立宣言』。唯有透過媒體放話，才能讓市政府知道老子是玩真的！」棧龍以充滿殺氣的口吻說道。

「龍仔，這……這真的太瘋狂了！」楊老生掩蓋不住內心的震驚。

「所以，我們需要說些什麼嗎？」趙之虎確認道。

「不用，你們什麼都不用說。只要安靜地站在我身後，陪我壯膽就好了。」說完，突然有人在敲會議室的門。

棧龍轉頭喊道：「請進。」

吉哥從門縫探頭進來，說：「老大，TVGS的記者到了。」

「也太突然了吧！」黃蓋和嚇到站起身來，驚慌失措地抱怨棧龍：「好歹也先通知一聲，讓我去剪個頭毛、修個眉嘛！」

「抱歉，沒有事先告知你們。」棧龍有些不好意思地說：「我想說擇日不如撞日，剛好今天大家都在，所以……就請兄弟們多多包涵了。」

「好啦，既然都安排了，就硬著頭皮上吧！」趙之虎一派豁然的模樣。

黃蓋和拿出梳子和鏡子，一邊將寥寥可數的頭髮打理整齊，一邊說道：「難得上電視，可不能太邋遢啊。」

眼看趙之虎與黃蓋和都做好「登場」的準備後，棧龍望向楊老生，以眼神問道：「你呢？到底挺不挺啊？」

收到棧龍的「關愛眼神」後，楊老生吞了口口水，緩緩道出心裡話：「龍仔，我覺得你這次真的太衝動了，這麼大的事情，好歹也先找我們商量一下嘛。要是早點讓我知道的話，我一定……」

「你一定會阻止。對吧？」棧龍冷冷地說。

瞬間，兩人面面相覷、啞然無語。在沒人接話的狀況下，現場一陣靜默，氣氛變得有些僵硬。此時，一股冷風從門外吹入會議室內，所有人都不自覺地哆嗦一下。

「不好意思，差不多該出去了。要不請大哥們移駕到三川殿吧。」記者已在外頭等候多時，吉哥只好硬著頭皮催促道。

棧龍率先移動身軀，往門外走去，走著的同時，他從西裝外套的口袋內，拿出一張事先準備好的講稿。這張稿子，是他花了幾個晚上的時間，絞盡腦汁撰寫的——艋舺獨立宣言。

棧龍走出會議室後，趙之虎與黃蓋和也起身準備離開。臨走前，趙之虎對著楊老生說：「反正只是露個臉而已，就順著他吧。」

「對啊。」黃蓋和也跟著勸合道：「兄弟一場，別跟他計較了。」

所有人都出去後，楊老生深鎖眉頭，獨自一人待在會議室內。此時他內心想著，其實有很多方法可以解開現在這個僵局，但棧龍偏偏選了一個最糟糕的方式。這就好比遺失了房門鑰匙，不去找鎖匠來開門，反而選擇用頭去撞門的道理是一樣的。

碰——

他重重垂了下桌子後，起身朝門外走去。

第二十八章

一個小時的進度彙報，進入結尾階段。負責總結的Sandy，信誓旦旦地說：「總而言之，目前的策展進度都在掌控之中，我們評估再一個月便可完全到位。所以，趕在清明節開幕，是絕對沒問題的。」

聽到「絕對沒問題」這句話，何鎮堂眉頭微皺，轉頭望向身旁的吳志耀，輕聲問道：「你確定？」

「是的，絕對沒問題。」吳志耀不假思索地回答。

「所以，『除夕夜驚魂』這招，有效果？」何鎮堂再問。

吳志耀露出笑顏，回應道：「肯定有效。」此時，何鎮堂的手機鈴聲響起，他站起身，緩步走到門外講電話。

一看到老闆的身影消失後，吳志耀立刻伸手舉起拇指，對著前方的Sandy比了個讚。「台風穩健、鉅細靡遺，講得超棒的！大家給Sandy拍拍手。」瞬間，會議室內響起了如雷的掌聲。

「皓偉。」吳志耀轉頭望向坐在後面的陳皓偉，說：「你可得多跟Sandy學著點啊，對你的未來很有幫助的。」

「是。」陳皓偉大聲回答。

碰——突然，何鎮堂急促地推開門，大聲喊道：「打開電視！快。」

「呃，要看哪一臺？」站在電視旁的Sandy，問道。

「TVGS。」何鎮堂命令道：「轉到TVGS。」

「市長，怎麼了嗎？」吳志耀一副不知所云的表情。

「TVGS的總經理打給我，叫我立刻看他們現在的新聞臺。」何鎮堂有些不悅地說：「媽的！到底在裝什麼神祕啊？」

「啊！」會議室內的一群人，同時露出了疑惑的表情。

電視螢幕倏地打開，映入眾人眼簾的是，一位年屆七旬的老頭子，戰戰兢兢地盯著手上的講稿，逐字逐句地朗誦著些什麼。螢幕下方的斗大標題是：龍山寺發表艋舺獨立宣言！

看到這標題，何鎮堂臉上的表情，就如同下班打開家門，發現老婆正和一位陌生男子依偎在沙發上看Netflix一樣——震驚莫名。

「一府、二鹿、三艋舺」，早從清朝時期開始，艋舺便因港商之利，成為北臺灣政治、經濟、文化的中心。日治時期，臺灣總督府以艋舺、大稻埕、城內三個市街為基礎，設立了臺北市，隸屬於臺北州。在臺北市的管轄之下，我們艋舺經歷了風雨飄渺且充滿劇變的一百年。

十九世紀末之後，臺北市逐漸成為臺灣近代歷史的主要發展舞臺之一，身為「開朝元老」的我們，對此也感到與有榮焉。

平埔族人稱「獨木舟」為「Banka」。一百年來，這艘獨木舟隨著波浪起伏，跟著流水飄盪，為了顧全都市化的發展，我們委身於臺北市之下，昂然自得。

然而遺憾的是，就在臺北市逐漸成為臺灣的行政中樞後，他們在行政權的運用及擴張上，卻越是讓人感到蠻橫及無理。特別是近幾年來，我們艋舺人已經絲毫感受不到府方在各項施政上所應給予的尊重，他們展現出的態度，只是在在凸顯出權力的傲慢而已。

雖然那段繁盛的景象已不復在，但我們堅信，只要獨立的火苗不熄滅，艋舺就不會被時代的洪流所吞噬，更不會被無情的政客所踐踏。

忍無可忍，就無需再忍！今天，我們艋舺人，決定站起來了——

「幹！」吳志耀暗罵一聲。「到底在共三小？」

「真是好樣的！萬華宣佈獨立，我這個做臺北市長的，竟然是看了電視才知道……」何鎮堂不帶任何情緒的自嘲。「那傢伙，是龍山寺的執行長嗎？」

「對，他的名字叫棧龍。」

「站在後面的那三個木頭人，又是誰啊？」

「呃……」吳志耀的眼神飄向Sandy，暗示她出言相救。

「報告市長，後面那三個人，是艋舺另外三大廟門的負責人。」Sandy說明道：「由左至右，分別是祖師廟的趙之虎、天后宮的黃蓋和，以及青山宮的楊老生。」

「哇嗚——」何鎮堂莫名地叫了一聲，「好嚇人啊！」

各位觀眾，以上就是TVGS記者在龍山寺所做的報導。

「關掉電視。」何鎮堂喊道。「可以想見，我們親愛的媒體朋友們，馬上就要來訪問我了。」

「……」全場一陣靜默。

「吳局長，給點意見吧。」

這時候，吳志耀板起臉孔，露出一副很是嚴肅的表情。「我認為，以萬華的人口數及行政規模來說，再怎麼樣都不可能變成直轄市的。所以，提出這種宣言，根本就是痴人說夢。」

「你的結論是，不用鳥他們？」何鎮堂再問。

「呃……不是那個意思，」吳志耀頓了一拍後，補充道：「我想，對方只是拋出個議題來模糊焦點而已，並非真的想獨立。但是，如果我們不予理會的話，等於就是中了對方的圈套，屆時網路風向會變成是府方自知理虧，而不敢有進一步的動作……」

「所以你的意思是？」

「為了逼迫他們收回這個宣言，並進而取得神像，我覺得……不如就派萬華分局接管龍山寺吧。」

「啊！」此話一出，全場譁然。

「非常時期，就得用非常手段來處理。我們的時間所剩無幾，或許武力鎮壓是最好的方法也不一定。」吳志耀再解釋道。

「No~No~No!」何鎮堂伸出食指，在吳志耀的眼前左右搖晃。「年輕人，你是血氣方剛嗎？還是電影看太多了？怎麼會吐出『武力鎮壓』這四個字呢？」

現場有人噗哧一聲，忍不住笑了出來。何鎮堂再道：「我認為這是個充滿政治意味的宣告，既然是政治動作，當然就得用政治的手段來處理啦。」

吳志耀蹙眉不語，露出一副似懂非懂的表情。

「人都有惻隱之心，會對別人的不幸寄予同情，當大多數人都抱持著相同想法的時候，就是起風之時了。而政治人物最忌諱的，就是站在逆風處，與民為敵。」何鎮堂看著吳志耀，再道：「吳局長，太過強勢的作為，不會讓風向吹往我們這裡的。網路操盤是你的強項，我想你應該了解這個道理才是啊？」

「是，市長說的是。」吳志耀點點頭。

「凡事多三思，否則，會誤事的……」何鎮堂意有所指地說。

吳志耀似乎聽出何鎮堂的弦外之音，此時他微微低下頭，對於剛才那番思慮不周的言論，感到有些懊悔。

「不過話說回來，從借神像這點小事，搞到要宣佈獨立，這劇情也太過曲折了吧！」何鎮堂苦笑地搖搖頭，「剛才那段宣言，想必會在社會上引起廣大的討論，或許，這就是那幫人的目的也不一定。」

何鎮堂沉吟了半晌後，再說：「探戈，要兩個人才跳得起來。既然知道獨立一途不可行，我們就無須跟著起舞，做任何無意義的表態。因為此時的所有發言，都可能被放大檢視，進而引起更大的波瀾。」

「所以市長的意思是──事緩則圓？」吳志耀以揣測性的語氣問道。

「對。為了讓雙方都有臺階可下，這是一個比較妥當的處理方式。只是……」突然，何鎮堂露出一副苦澀的表情，「時間不多了。」

現任內閣即將總辭，但總統仍未透露閣揆的接任人選是誰，這讓積極爭取出線的何鎮堂，一顆心忐忑地懸在半空中，很是難受。善於揣測上意的吳志耀，一聽到老闆說出「時間不多」這四個字後，便洞悉他意在言外。

這個時候，沒人敢再接話，會議室內陷入了短暫的靜默。

突然，陳皓偉的手機震動了起來，來電顯示是劉致中。他望了前方一眼，趁著無人注意之際悄悄接起電話，小聲說道：「正在開會，晚點再跟你聯絡。」

數分鐘後，何鎮堂打破沉默：「看來，你們這群小朋友似乎束手無策了？」他微微揚起嘴角，再道：「要不然，就由我親自出馬吧。」

對於何鎮堂而言，這件事就像顆不定時炸彈，隨時都有引爆的可能。倘若不趕緊擺平的話，過沒多久讓媒體觸動了引信，可就一發不可收拾了——在閣揆的繼位人選尚未明朗之前，任何細微末節的地方都不容許有分毫的差池才行。「那個老頭子，叫……叫什麼來著的？」

「報告市長，他叫棧龍。」Sandy回答道。

第二十九章

「剛才我們市長說，他要親自去找龍山寺的執行長。」陳皓偉發了封簡訊給劉致中，告知他會議的最終結論。

結果，才剛按下傳送鍵，手機便跳出一封新的訊息：「為什麼這幾天都不接電話？故意的嗎？」這行字映入眼簾後，陳皓偉的臉瞬間垮了下來，他兩眼無神地望著手機螢幕，腦袋一片空白。

「好啦，今天的會議就到此結束，各位下班吧。」何鎮堂宣佈解散。

一時之間，陳皓偉仍呆坐在椅子上，未隨其他人離開。這時候，手機再度發出震動聲，一股不祥的預感襲來。

他嚥了口口水，深呼吸一口氣，接起電話：「不好意思，我正在開會。」

「開會！不是下班了嗎？」

「呃……會議還沒結束。」

「OK，我等你。我人就站在正門口的石獅子旁邊。」

「你在門口？」說話的同時，陳皓偉的心跳速度也隨之加劇。

「對，我會等到你出現的。」

急促的心跳聲傳到耳邊，迫使腦袋變得一片混亂。陳皓偉知道，躲得了一時，躲不了一世，耐不住性子的Kevin，最後鐵定會衝上來的。辦公室內還有一些同事正在加班，如果他有什麼衝動之舉的話……。

「不行，那樣就難堪了！」陳皓偉不經意地自言自語道。霎時間，他把心一横，決定直球對決。

來到正門口，陳皓偉看到Kevin的身子仰靠在石獅子上，抽著菸、滑手機。他沒有立刻出聲呼喚Kevin，只是靜靜地佇立在原地。

數十秒後，Kevin的眼角餘光瞥到陳皓偉的身影，「靠！是不會出聲喔？」嘀咕的同時，他順手將菸蒂扔到地上。

「會開完了？」Kevin問道。

「嗯。」陳皓偉點點頭。

「你就這樣上班？」看到陳皓偉兩手空空的模樣，Kevin不禁質疑道。

「不是。我的包包還在辦公室。」

「為什麼不拿？」

「我還沒有打算下班。」陳皓偉說得果決。

這回答讓Kevin愣了下。「好，我等你。你再回去加班吧。」

這個男人的生理需求，到底有多麼強烈啊？望著Kevin的同時，陳皓偉的腦中浮現出這個問號。「不，你不用再浪費時間等我了。」

Kevin聽到這個回答後，表情略顯不悅。沒等他回話，陳皓偉再以堅定的語氣說道：「我不會再跟你去旅館了。」

「怎麼？玩膩了啊？」Kevin向前走了幾步，嘴巴靠到陳皓偉耳邊，輕聲問道：「莫非，你想換換花樣？要不然，我找幾個人加入我們？」

「我不是那個意思，請你不要誤會。」

「操！」Kevin咒罵一聲，「我認為就是那個意思。」

此時正值下班時間，市府員工三三兩兩地從市政府內走了出來，因此，即便Kevin露出凶神惡煞般的神情，陳皓偉也不怎麼感到害怕。「隨你怎麼想，我要回去了。」說完，陳皓偉轉身準備離開。

這時候，Kevin伸手抓住他的手臂，說：「你這傢伙，少在這裡給我裝純情了，我的手機裡頭，可是存了一堆你的『作品集』呢。呵呵。」Kevin口中的「作品集」，是過往他與陳皓偉在行魚水之歡的時候，用手機錄下的片段。

Kevin冷笑兩聲後，再說：「莫非，你希望我把那些精彩片段放到網路上，讓我們兩人一夕爆紅？」

其實，陳皓偉早料到會有這麼一天，所以此時面對Kevin的威脅之詞，他並不怎麼感到震驚。「我們已經分手了，請你刪掉那些影片吧。我想，這是最基本的尊重。」

「哼。」Kevin冷哼一聲，不以為然地說：「先是偷偷來看我、利用我，然後現在玩膩了，開始耍冷淡，打算拍拍屁股走人。我倒是想問問，到底是誰不尊重誰啊？」

「所以呢？你想怎麼辦？」陳皓偉再問。

突然，Kevin繞到陳皓偉身後，伸手環抱住他的腰間。身形略高的Kevin，把頭靠在陳皓偉的肩上，閉起雙眼，嗅聞著那股熟悉的體香。「那些『作品』，都是我倆愛的結晶，我怎麼捨得刪掉呢！」

此時此刻，陳皓偉沒有絲毫的懊悔或憤恨，有的只是更甚於此的萬般惆悵而已。他使了點力氣搖晃身軀，甩開緊靠在後背的Kevin，「我說了，請你放尊重點。」

Kevin鬆開雙手，向後退一步，「是、是、是，你說的是。」即便陳皓偉的表情已明顯不悅，他仍是一副吊兒啷噹的語氣與態度。

「我搶不走你的手機，也無法刪除那些檔案。所以，就隨你去吧。」說完，陳皓偉逕自轉身，頭也不回地跨步離開。

此時，望著陳皓偉離去的背影，Kevin開口喊道：「好。就如你的意，我刪掉那些影片。」

陳皓偉停下腳步，微微低下頭，眼神注視著前方的地板。

「但是，我希望以一個特別的儀式，來為我們之間的關係畫下句點。」Kevin再說：「至此之後，那些影片將永遠消失在這個世界上。我保證。」

Kevin的這一席話，讓陳皓偉動搖了。但他沒有轉頭，也沒有回應些什麼，仍是默默地佇立在原地。這個時候，剛下班的Sandy，從大門內走了出來。

「就這樣吧，我們再聯絡。」Kevin揮舞右手，向靜默的陳皓偉告別。

站在一旁的Sandy，望著Kevin的身影離去後，快步走到陳皓偉的身旁，輕聲問道：「嘿，那個男生是誰啊？」

「呃……那個……一個朋友。」陳皓偉支吾其詞，心臟怦怦亂跳。

「天啊，好帥喔！」瞬間，Sandy像變了個人似的，她的眼神閃閃發亮，宛如盛綻滿開的繽紛花朵。「他單身嗎？」

陳皓偉遲疑了半晌，回答：「呃，好像是吧。」

第三十章

夜幕低垂，路燈把廣州街渲染成一張近似LOMO風格的泛黃照片。天空飄下了細細雨絲，微溼地面所折射出的朦朧光暈，綿延在整條街上。幾名香客從龍山寺內走了出來，提著剛祭拜完的供品，準備打道回府。

今晚輪到吉哥值班，他手拿掃帚與畚箕，站在虎門的階梯處掃著地。

平凡無奇的一天，即將落幕之際，突然，一臺黑頭車駛到了龍山寺的正門口，在山門前方停了下來。

吉哥下意識地看了一眼，覺得事有蹊蹺，便放下手中的掃地用具，朝著山門的方向走去。這時候，後座的車門打開，一名西裝鼻挺的中年男子從車內走了出來。遠遠一看，吉哥感覺此人的年齡似乎與自己相仿，走近一瞧後，他發現這個男人很是熟悉。

「不會吧！是他？」甚是驚訝的吉哥，匆忙地從口袋內掏出手機，撥電話給棧龍。

「老大，那個……臺、臺北市長，何鎮堂，他來了。」

「喔。」電話那頭的棧龍，語氣平順地回應道：「我馬上出去。」

何鎮堂與身後的兩名隨扈，逕自穿過山門，緩步走到廣場中央。他看見吉哥後，輕點個頭，問道：「你好，請問你們的執行長在嗎？」

「市長您好，我們執行長馬上就出來了，請稍等一下。」即便滿腦子都是問號，吉哥仍強裝鎮定，擺出一副若無其事的樣子。此時，雨勢有逐漸增大的趨勢，讓市長一行人站在戶外淋雨，似乎有失禮數。於是，吉哥改口說道：「不好意思，還是請市長移駕到會議室吧，我們裡面聊。」

「好，客隨主便。」何鎮堂回應道。

「市長，這邊請。」吉哥伸出左手，邀請何鎮堂等三人往龍門的方向走去。以龍山寺的祭拜動線來說，通常都是由龍門進、虎門出，所以香燭販賣處就設在龍門入口的右側，以便讓香客在第一時間購買所需的祭品。

正當吉哥領著三人走到龍門的入口時，棧龍的身影出現了。

「市長您好，我是龍山寺的執行長，敝姓棧。」自我介紹的同時，棧龍緩緩走下階梯。一看到棧龍，何鎮堂立刻堆起笑臉，「唉呦，是棧叔啊！久仰大名，幸會幸會。」他禮貌性地拱手問候。

「市長，來之前怎麼不先告知一聲呢？若是有什麼要事的話，也可以招喚我們去市政府啊。」棧龍客套似地說道。

「唉呀呀……棧叔怎麼用『招喚』這兩個字呢？哈哈哈。」何鎮堂乾笑了三聲，說：「貴寺香火鼎盛、信徒眾多，你們白天一定都忙翻了，我挑這個休息時間來打擾你們，才真是不好意思呢。」

「市長快別這麼說，您大駕光臨敝寺，我們歡迎都來不及了呢。」吉哥再說道：「要不我們就先移動到會議室，在裡面喝個熱茶，慢慢聊。」說完，他看了眼棧龍。

「喝茶？」棧龍輕蹙眉頭，「市長的公務繁忙，應當不便耽誤太多時間吧？我想，有什麼事在這裡說一說就好。」

「啊！」吉哥睜大雙眼，露出一副「這樣不好吧？」的表情。

「OK的。反正我們客隨主便，你們方便就好。」何鎮堂仍是帶著笑意。

就在此時，棧龍冷不防地投出一顆剛猛的快速直球：「要不就打開天窗說亮話吧。市長，您今天大駕光臨敝寺的目的是什麼呢？請直說吧。」

「棧叔果然是個性情中人啊！呵呵。」何鎮堂放聲笑了出來。面對棧龍的直球對決，他選擇毫不猶豫地出棒攻擊：「我看棧叔也是個至誠君子，那我就真人面前不說假話了。實不相瞞，本人今天來這裡的目的，是想請你打消獨立的念頭，收回『艋舺獨立宣言』。」

棧龍聽了何鎮堂的來意後，不經意地揚起嘴角，再問道：「我倒是想了解一下，市長您要用什麼理由來說服我呢？」

「怎麼會是『說服』呢？」何鎮堂睜大雙眼，拉高音量說道：「應該是『溫馨提醒』才對吧。」

「好一個『溫馨提醒』啊！呵。」棧龍噗哧一聲，「市長想提醒些什麼呢？我棧某人洗耳恭聽。」

「我想說的是，做出『獨立』這種決定啊，可是要付出代價的喔！如果你們還沒做好那個心理準備的話，我想，還是及早撤回你的宣言吧。」何鎮堂望著棧龍那雙不屑的眼神，再說：「根據我的猜測，你是打算以『非暴力不合作』的方式來解放艋舺，尋求獨立是吧？如果，我是說如果啦，你當真是在仿效『聖雄甘地』的話，那我就只能奉勸你，別再做這個白日夢了。」

「有道是『有夢最美，希望相隨』，不是嗎？」棧龍笑著說。

「Oh my god！這真的太Stupid了。」何鎮堂不可置信地問道：「難不成，你打算帶著一票的艋舺鄉親，徒步到海邊去煮鹽嗎？」

「市長，『公民不合作』的確是我的手段之一，但是在我們的行動準則裡，並沒有『食鹽進軍』這個選項。所以，您大可放一百二十個心。」

「呼——看來是我多慮了。想不到你老歸老，腦筋倒是還挺清楚的嘛。」何鎮堂故作姿態，露出一副如釋重負的表情。但，下一秒，他立刻再以正言厲色的口吻說道：「不過一碼歸一碼、玩笑歸玩笑，我仍必須把醜話說在前。以『獨立』為中心思想的任何不合作手段，是不會被多數的當權者所接受的，而我，就是那其中一人。所以，我誠心誠意地奉勸棧叔，還是及早放棄這個念頭吧。真的。」

「怎麼？若是不順從的話，會招致流血是嗎？」棧龍不以為然地問道。

「唉呦……我說棧叔啊，你的想像力也太豐富了吧！再怎麼說你們也是我的市民，怎麼可能搞到讓你們流血嘛！」何鎮堂伸出右手，拍了拍棧龍的肩膀，再道：「我的目的是希望大家和平相處，不要因為這種無所謂的小事而傷了和氣。好啦，不要說我們府方把你們吃得死死的，一步也不退，我在這裡就直接允諾你，如果你願意撤回『艋舺獨立宣言』的話，我就立刻下令觀傳局收回先前的公文，不再為難你們。往後，你走你的陽關道，我過我的獨木橋，大家各自回到往日的平靜生活。如何？」

聽了何鎮堂開出的條件後，棧龍不禁露出一抹苦笑。「市長。先賞了人家一巴掌後，再摸摸頭給顆糖吃，這種施政技倆，該不會就是導致您差點連任失利的主要原因吧？」

棧龍的這番話，猶如當頭棒喝，當場令何鎮堂不知該作何回應。

棧龍接著再說：「當年，你的前輩們在街頭上留著鮮血，不顧安危地衝撞獨裁政權，因為有他們的犧牲奉獻，你們這一代的政治人物，才得以安安穩穩地享受民主果實，透過選舉擁抱權力。然而，現在你所展露出的態度，都再再顯示你只是個道貌岸然，充滿虛矯之氣的政客而已。你根本不懂權力的真諦為何物！」

世界上沒有一個政客會承認自己是政客，所以他們最忌諱的，就是被稱之為政客。不過，此時何鎮堂仍帶著笑意，絲毫沒有露出不悅的神情。「棧叔，你對我的誤會可深了呢！呵呵。」他笑了兩聲後，再說：「萬華，是不可能變成直轄市的。關於這一點，我想你應該比任何人都還清楚才是。」

雨勢漸漸變大，一顆顆晶瑩剔透的雨珠，順著棧龍的髮梢滴至地上，摔得粉碎。獨立一事難如登天，棧龍比誰都知曉，既然何鎮堂一語道破，他也就直率地回應道：「的確，艋舺脫離臺北市的管轄範圍，即便有百分之零點一的可能性，我也不認為會在我的有生之年內發生。所以，對於這次的行動，我求的是過程，而非結果。」

何鎮堂露出一個無奈的苦笑，問道：「你所謂的『過程』，就是以此做為報復手段，讓我們府方驚慌失措、坐立難安，對吧？」

「呵。」棧龍笑了一聲後，看著何鎮堂的雙眼，說：「我的目的不僅僅是報復而已，我還想斬斷政客們的政治仕途……」

一道閃電劃破天際，雷聲轟隆作響，斗大的雨滴從天而降，打落在泛黃的廣州街上。隨著天氣驟變，許多店家紛紛半拉下鐵門，準備打烊。馬路上幾無來車，僅有數名路人匆匆奔至騎樓之下，倉皇躲雨。

坐在車內的何鎮堂，撥了通電話給萬華分局的局長。

「局長，按照我昨天的吩咐，從明天早上八點開始，實施『治安有感』計畫。」

「還記得我講的重點區域嗎？」

「對，就是廣州街。特別是龍山寺的正門口一帶，我覺得這裡的治安真是糟透了呢！」

「局長，我很期待你的表現喔。我相信，你不會讓我『失望』的。」

第三十一章

繼東山建設之後，三信金控在總教練陳威和的力薦下，也決定提供一紙教練約給王暉。

於是，劉致中以經紀人的身分來到球團辦公室，準備代為簽約。現在合約擺在眼前，就等他這位代理人簽下大名。

但，此時的劉致中卻顯得躊躇不前。

「針對合約內容，劉先生您還有什麼問題嗎？」球團經理不禁問道。

劉致中吞了口口水，回答：「呃，大致上都理解了，但是……不好意思，我去一下廁所。」說完，他逕自站起身來，走出會議室。

進入廁所，劉致中迅速關上門，撥了通電話給王暉。「你確定要簽嗎？」他劈頭問道。

「再不簽就趕不上春訓了……」王暉沉吟半晌後，仍是給予肯定的答案：「簽吧。」

「你最好考慮清楚喔！」劉致中提醒道：「你不是想在兒子面前展露打球的英姿嗎？東山建設那邊可能還有機會，要不然我再去交涉看看。」

「算了吧，我知道自己剩下多少斤兩……」王暉無奈地說：「與其讓他看我打球，還不如讓他有飯吃、有書念比較重要。」

聽王暉這麼一說，身為經紀人的劉致中，一股內疚感油然而生。「對不起……」

「幹！對不起個屁啊？」王暉放聲罵道，「趕快把合約簽一簽，然後去處理龍山寺的事吧！」

這話戳到了劉致中的痛處，在空無一人的廁所內，他唉聲嘆氣地說：「唉！相較於你的合約，龍山寺的事……更加棘手數百倍。」

「喂，你知道嗎？」王暉突然拉高音調，「龍山寺老大發表的獨立宣言，漸漸在網路上引起討論了耶。」

「真的嗎？」劉致中有些驚訝地問：「所以，在網路上發酵了？」

「嗯，似乎是如此。」說完，王暉突然想起什麼，「對了，新聞出來之後，你不是立刻聯絡了那位替代役小哥嗎？結果他怎麼說？」

「他說市長要親自出馬，去找龍山寺的執行長談。不過具體要談些什麼？就不得而知了。」

「果然！市政府也察覺到此事非同小可，如果像滾雪球般越鬧越大的話，屆時可能就難以收拾了。不過，市長出面就能壓得下來嗎？這點我倒是非常懷疑。」

「嗯，我也這麼認為。」劉致中心有戚戚焉地說。

「所謂『相由心生』，那個人一看就是滿臉的政客樣，很明顯的心思根本不在市政上。」王暉越顯激動地說：「他媽的！臺北人怎麼會選這種『咖』出來當市長啊？」

劉致中無法回答王暉的疑問。但，有一件事是肯定的，就是搞定了合約一事後，他心中的一塊大石頭總算是放了下來。

「代言人，你明天有空嗎？」劉致中問道。

「有，一起去吧。」王暉笑著說：「呵，你要找人一起壯膽是吧？」

＊

車子停妥後，劉致中與王暉從停車場步行到廣州街。當兩人走近龍山寺時，映入他們眼簾的景象是，十多名警察站在山門下方，逐一盤問欲進入寺內參拜的香客。

「靠！現在是什麼狀況？」王暉不解地問：「該不會裡面發生命案了吧？」

「不是。」劉致中斬釘截鐵地說，「若是命案的話，應該會封鎖大門，禁止香客出入才對。」

「嗯，有道理。」王暉點點頭。

「而且，所有警察都站在大門外，沒有一個人進到寺內。」劉致中再道。

「沒關係，馬上就知道謎底了。」兩人緩步走到山門前方後，果不其然，一名警察立刻靠了過來。

「你們兩個等一下！」警察命令道：「把身分證拿出來。」

「警察先生，我們是來拜拜的耶！你是不是搞錯什麼了啊？」王暉皺起眉頭，反問道。

「現在是臨檢，要盤查你們的身分。」說話的同時，警察拿起一臺號稱「小神捕」的警用行動電腦，準備輸入身分證號碼。

「為什麼要盤查身分？我們的行為舉止很詭異嗎？」王暉理直氣壯地說：「如果你說不出個所以然的話，我們有權利拒絕你的盤查。」

「這是常態式的臨檢，目的是淨化治安。這樣你懂了嗎？」警察拉高音量回應道。

「這裡的治安怎麼了？很糟糕嗎？」王暉攤開手，聳聳肩，露出了不知所云的表情，「有人被砍了嗎？還是，被強姦了？」

王暉這略帶挑釁的語氣，瞬間觸怒了警察。「我再強調一次，這是例行性的臨檢，你們最好乖乖配合。」警察用食指頂著王暉的鼻頭，再道：「要不然，我就以妨礙公務的名義逮捕你們。」

「警察先生您別生氣，我們馬上拿身分證出來。」眼看苗頭不對，劉致中急忙緩頰道。

「他媽的！你是要逮捕個什麼鳥啊？」被指著鼻頭的王暉，也是一股怒意湧上心頭，控制不住情緒的他，忍不住出手拍打警察的食指，兩手接觸的瞬間，響起了「啪沙」的一聲。或許是力道過猛的關係，這個拍擊，當場令警察漲紅了臉，痛到不停甩手。

「媽的，打警察啊！」這驚天一吼，立刻吸引了其他同僚的目光，現場所有穿制服的人，都轉頭過來一探究竟。

面對這一觸即發的狀況，劉致中忍不住喝斥王暉：「你在幹嘛啊？給他身分證就好了嘛！」

話才說完，後頭突然撲上兩名警察，將王暉壓倒在地上，三人扭打成一團。

「別打了，別打了啊！我拿身分證出來，我們立刻拿身分證……」心慌意亂的劉致中，試圖拉開兩名打紅了眼的警察。瞬間，一堆警察都湧了上來，有的從旁箝制王暉，有的則是趁亂偷踹他幾腳，還有個看似剛從警校畢業的菜鳥，甚至準備從腰間拔槍出來。

不一會兒的時間，劉致中與王暉被團團包圍住，掩沒在一堆「人民保母」之中。

數名路人看到此景後，不禁驚慌失措，大叫出聲：「警察耍流氓！」「警察打人，警察打人啊！」「死人了，警察打死人了！」「白色恐怖，白色恐怖啊——」

這時候，一股強烈的肅殺之氣，以龍山寺為中心，開始向外蔓延至廣州街上……。

*

聽到外頭的騷動聲後，棧龍與吉哥連袂從辦公室內衝了出來。「這……怎麼辦？要報警嗎？」看到外頭的混亂場面後，吉哥不安地問道。

「靠杯哩！你是沒聽到『警察打人』嗎？」棧龍說道：「警察都打人了，還報警個屁啊！」

「難不成，就這樣袖手旁觀嗎？」吉哥擦了擦額頭的汗珠，再問。

這問題著實考倒了棧龍，他微微皺起眉頭，露出了苦澀的表情。這時候，吉哥逕自再道：「唉……最可憐的，還是那些信眾吧。來拜拜還得被盤查身分，搞得像是在酒店被臨檢似的！」

面對吉哥的嘟嘟囔囔，棧龍不發一語。

「要不然，我們直接上書總統府吧。」吉哥悻悻然地提議道：「請總統來評理，看看到底是誰對誰錯。」

「看來，你都沒在關心時事。」棧龍開口。

「此話怎講？」

「你難道不知道總統的民調已經低迷許久了嗎？自己都泥菩薩過江了，怎麼還會有餘力管這種鳥事。」棧龍頓了一下後，再說：「況且，多做多錯、不做不錯。總統的任期只剩一年半，此時正是籃球比賽的垃圾時間，他不用再投籃得分，只要好好站在場中運球，不要讓球出界就好。」

「看來你很懂籃球呢。」

「嗯，我以前很喜歡鄭志龍，常常去看他的比賽。」

「籃球博士耶！你說的是宏國隊的時期吧？」

「沒錯。」

「哇嗚——想不到老大也曾經是個熱血球迷呢！呵呵。」吉哥笑了兩聲後，再說：「不過話說回來，當球員放棄比賽的時候，他們有想過球迷的感受嗎？他媽的，老子可是買票進場的耶！你們憑什麼任意把比賽當作垃圾處理？若是真要這麼搞的話，至少也該退一半的錢回來。」

「你的意思是，做一天和尚敲一天鐘，即便只剩一年半的任期，也應當敲到最後一天是嗎？」

「沒錯，正是這個意思。」

「很遺憾的，這種政治人物並不存在於現今的政壇上。」說完，棧龍沉吟了片刻後，再改口道：「呃，或許……也不是完全沒有啦。」

「有嗎？」吉哥一邊關注山門外的狀況，一邊問道：「是誰啊？」

「啊！」棧龍愣了下後，回應道：「沒事，當我沒說。」

「警察好像把人給抓走了。」吉哥眉頭微蹙，有些憂心地說：「怎麼辦？總不能放任他們一直這樣鬧下去吧？」

「要在街上怎麼鬧，都是他家的事，我管不著。」說話的同時，棧龍看到兩個大男人被數名警察架離現場，「我的底線是，不要鬧到山門內就好。」說完，他轉身往辦公室的方向走去。

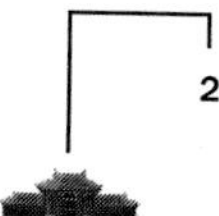

第三十二章

陳唐崧在走廊上踱步了好一陣子，就是提不起勇氣敲陳皓偉的房門。

這一個多月以來，陳皓偉幾乎是下班後就直接回家。在家中，雖然他仍是板著一張臉，不太搭理父親，但對於陳唐崧而言，每晚都能在家裡見到兒子，已經是無比欣慰的事情了。

陳唐崧幾度舉起手，想敲門，但在出手前卻又都打了退堂鼓，同樣的動作，整晚重複了不下數十遍。眼看已接近陳皓偉的就寢時間，若是再如此畏畏縮縮的話，明天，恐怕兒子又要加深對自己的誤解了。

於是，陳唐崧深呼吸一口氣，叩叩叩——敲了三下房門。

「什麼事？」陳皓偉在房內問道。

「呃……沒什麼事啦，只是……有件事，想跟你說一下。」

「到底是有事還是沒事？」問話的同時，陳皓偉的腳步聲緩緩接近房門。

「有事。」陳唐崧篤定地說。

「什麼事？」陳皓偉開啟房門，從門縫探出頭來。

「明天我會去一趟市政府，找何市長聊聊。」

「喔，去就去啊，有必要特別告訴我嗎？」陳皓偉不以為然地說。

「呃，我……怕你誤會……」陳唐崧的心臟，撲通撲通地快速跳動著。

「想太多了吧！」陳皓偉翻了個白眼，說：「同黨同志見面，再正常不過了啊。」

「其實，是總統派我去的。他想了解市政府與龍山寺之間，到底發生了什麼問題。」

聽父親這麼一說，陳皓偉的雙瞳瞬間為之一亮，「你的意思是，總統要你去調查市政府與龍山寺之間的事嗎？」

「是。」陳唐崧點點頭，解釋道：「因為，他看到了龍山寺宣佈獨立的新聞……」

突然，陳皓偉有股衝動，想將事情的來龍去脈全盤托出。但，話才到嘴邊，卻又莫名地吞了回去。停頓了數秒後，他望著父親說道：「這事可能有點棘手，不過，我相信以你的經驗跟能力來說，一定能處理得宜，成功化解這個僵局的。」

兒子的善意回應，讓陳唐崧好生感動，他以略顯沙啞的嗓音說：「嗯，我會努力的。」

＊

坐定後，何鎮堂遞了張A4紙給陳唐崧。

「這是剛出爐的內閣名單，還熱騰騰的喔！」何鎮堂帶著笑意說道：「恭請祕書長過目。」

接過「內閣名單」後，陳唐崧露出一臉困惑的表情。

「這份名單還只是初步的構想而已，並非最終版本。」何鎮堂補充道。原來，三天前接到陳唐崧的來訪通知後，他便開始沒日沒夜地草擬閣員人選。經過三天的謹慎思量後，他勾勒出心目中的夢幻團隊。

陳唐崧看著名單上的名字，說：「看來，你挑了很多市府的局處首長是吧？」

「祕書長果然內行！」何鎮堂揚起嘴角，說明道：「實不相瞞，我想培養屬於自己的執政團隊，所以選了幾名我認為能力還不錯的可造之材，打算帶他們一起入閣。」

「是。」陳唐崧點點頭，贊同道：「何市長果然深謀遠慮。」

「這是一定要的啊！」何鎮堂自信滿滿地說：「所以，前輩們打下來的江山，就放心交給我們這些後輩來繼承吧。」

聽完這席話，陳唐崧抿起嘴，露出一副若有所思的模樣。此時，何鎮堂接著問道：「如何？總統打算什麼時候公布呢？」

「呃，公布什麼？」陳唐崧故意裝傻，反問道。

「祕書長，就別再故弄玄虛了吧！既然都決定了，不如就及早公布，藉此穩定政局、安定民心。」

「這個嘛……」陳唐崧面露難色。

「明人不說暗話，現在總統的民調宛如重症病人，再怎麼救也是枉然。既然本人已經不問世俗、無問西東，那倒不如就早點把棒子給交出來吧。」何鎮堂望著眼前這位總統的忠臣良將，再道：「黨的聲望跌落谷底，執政優勢蕩然無存，現在除了我之外，還有哪一位中生代菁英自願犧牲奉獻、挺身而出呢？」

陳唐崧眉頭深鎖，緩緩低下了頭。何鎮堂看著他，語重心長地再道：「為了黨的將來，請你們即刻公布吧。」

「呃……何市長忙於市政之餘，還得操煩黨的未來，身為總統府祕書長的我，在此向你致上最誠摯的歉意與謝意。」陳唐崧不經意地欠身鞠躬，「關於閣揆的繼任人選，我想就誠如何市長所言，早點公布，應該有助於政局上的穩定才是。」

「對嘛，我就知道祕書長是個識大體的人。為了整體的大局著想，還請你趕緊向總統提出諫言，及早發表吧。」何鎮堂指著陳唐崧手上的A4紙，再說：「請你將這份內閣名單轉交給總統，讓他先行過目。對於閣員人選，倘若他有什麼意見的話，後續都還有討論的空間。」

「內閣名單」並非此行的目的，陳唐崧心想再不趕緊轉移話題的話，今天恐怕就白來一趟了。於是他心一橫，單刀直入說道：「實不相瞞，有件事，總統吩咐我來跟何市長了解一下。」

「什麼事？」

「呃，總統看到了龍山寺的新聞，他想知道，你們之間是不是發生了什麼事情？」

「喔，你指的是『獨立宣言』那件事吧？」此時，何鎮堂的手機鈴聲突然響起，他看了一下來電顯示後，按下拒接鍵。

「先接電話吧。」陳唐崧說道：「說不定有什麼重要的事情。」

「無所謂啦，哪有什麼事比祕書長重要呢。」何鎮堂把手機插入口袋，針對陳唐崧的問題解釋道：「我們跟龍山寺之間啊，其實就是一點雞毛蒜皮的誤會而已啦！沒什麼大不了的。」

「誤會？」陳唐崧輕皺眉頭。

「祕書長，你應該知道『世界宗教博覽會』吧？」

「當然知道啦！」陳唐崧拉高音調說道：「這個博覽會，可是臺北市的年度重點盛事呢。」

「沒錯。」何鎮堂得意洋洋地說：「這次的活動，如果能辦得紛繁盛大、熱熱鬧鬧的話，臺北市在國際間的能見度一定會有所提升的。未來，肯定能吸引更多外國人前來臺灣觀光，進而振興國內的觀光產業。祕書長，這個論點你同意吧？」

「沒錯、沒錯。」陳唐崧點頭如搗蒜，「透過舉辦大型博覽會的方式，可成功塑造城市形象並發展在地觀光，是個雙贏的策略。」

眼看陳唐崧也抱持正面的態度後，何鎮堂順勢再道：「正因為這個活動對於臺北市來說真的太重要了，所以我們觀傳局在求好心切的心態下，與龍山寺因些許的誤會而產生嫌隙，對方才進而發表了那種非理性的言論……」他停頓半晌後，為市府的行為下了註解：「總歸一句，就是責任心使然啊！」

「原來如此。」陳唐崧點了個頭，說：「如果是誤會的話，就趕緊解釋清楚，不要再讓彼此的關係持續惡化下去了。」

「沒問題、沒問題，祕書長大可放心。」何鎮堂伸手拍拍胸脯，說：「前日已和寺方做了充分的溝通，我想，對方已經理解我們凡事必求盡善盡美的心情了。」

「聽何市長這麼說，我就放心了。」陳唐崧輕吐口氣。

「身為首善之都的臺北，在施政上絕對不會給中央帶來任何困擾的。」何鎮堂瞄了眼內閣名單後，再補充道：「未來，即便入主了行政院，我還是會貫徹『小心駛得萬年船』這種行事風格的，所以，請你們儘管放寬心吧。」

陳唐崧沒再回話，他看了眼手錶後，逕自站起身來，說：「好吧，我得回去向總統報告了。」

「好的，那就委請祕書長代為向總統說明吧。」何鎮堂跟在陳唐崧後方，往門口的方向走去。走到一半，陳唐崧突然轉過身來，問：「對了，聽說『世界宗教博覽會』的代言人，是三信金控的王暉選手是吧？」

這突如其來的質問，令何鎮堂有些措手不及，「呃！好像、好像有聽說，我是沒見過本人啦……」

「呵呵。」陳唐崧笑了兩聲，「報紙上看到的，想說跟你確認一下。」

「喔，這樣啊。呵呵。」何鎮堂跟著陪笑兩聲，問道：「莫非，祕書長喜歡看棒球？」

「我可是死忠球迷喔！」陳唐崧眉飛色舞地說：「之後如果有機會見到王暉選手的話，我一定要請他幫我簽名。」

「這有什麼問題，交給我來處理。」何鎮堂說得信誓旦旦。

「市長也喜歡棒球嗎？」

「呃……算、算是喜歡啦。」何鎮堂的眼珠子轉啊轉的，露出一副心虛的表情。

「那，我考市長一個問題。你知道球賽在正式開打之前，內野手都會在自己的守備區域做一件什麼事嗎？」

「啊！」何鎮堂愣了下後，尷尬地笑了笑，「呃……我還真不知道呢。呵呵。」

「他們會檢查地上是否有小石頭。」陳唐崧回答。

「檢查小石頭？」

「對。」陳唐崧揚起嘴角，解惑道：「若是不先把小石頭給撿乾淨的話，屆時可能會讓滾地球形成不規則彈跳，輕則造成失誤，嚴重點的話，選手可是會因此而受傷的喔。」

「喔，原來如此！」何鎮堂再確認道：「所以，檢查石頭的目的是，避免自己受傷囉？」

「沒錯。」陳唐崧笑著說道：「在邁出任何步伐之前，最好先確認一下，眼前的石頭是否撿乾淨了喔！」語畢，他逕自走了出去。

關上大門，何鎮堂拿起手機，回電給萬華分局局長。「局長。我剛才在開會，你找我什麼事？」昨日，龍山寺的正門口發生了警民衝突事件，局長打電話給何鎮堂，向他報告此事。

「我就說嘛，龍山寺那附近的治安真的很糟糕，遊民、流鶯充斥於街頭就算了，現在連暴徒都敢在眾目睽睽下公然襲警！好啊，挑戰公權力是吧？那就只好派更多的警力去維持秩序囉。」

「記得我說的，重點區域就在龍山寺的正門口，一定得加派警力才行。」

「什麼！怎麼處理那兩個暴民？」何鎮堂輕皺眉頭，確認道：「我們弟兄的傷勢如何？」

「沒受傷？」何鎮堂沉吟了數秒後，說：「既然弟兄沒受傷，那……做完筆錄就放他們走吧。」

「但是切記，我們還是得維持優勢的警力才行。特別是在龍山寺的正門口……」何鎮堂反覆提醒道。

第三十三章

楊老生來到山門前方，欲往龍山寺內走去，一名年輕警察見狀後，立刻上前攔住他。「不好意思，請把身分證拿出來。」

楊老生皺起眉頭，一語不發地望著眼前這位年輕小伙子。

「你瞪什麼？」小伙子拉高音量喊道：「我叫你拿出身分證！」

被這麼吼了一聲後，楊老生的表情明顯不悅，眼神露出猶如鬥犬般的殺氣。「我、沒、帶。」

「沒帶？」小伙子的聲音又高了八度，「那就請你馬上滾蛋。」

「年輕人，你剛被調到這裡沒多久吧？」

「老頭子，我調到這裡多久，關你屁事啊？」

此時，一名身形微胖，皮膚有些黝黑的資深員警，小碎步跑了過來。他對著小伙子劈頭問道：「你在幹嘛？」

「報告學長，我正在盤查這個老頭子的身分。」小伙子正襟回答。

「生爺，不好意思。」資深員警向楊老生欠身鞠躬，道：「小朋友不懂事，請您大人有大量，別介意。」

「所以，我可以進去了嗎？」楊老生問道。

「當然、當然，請進。」

楊老生動身之前，對著小伙子說：「菜鳥仔，我楊某人在艋舺走跳，從不帶身分證的。因為，我的臉就是身分證，老子都直接『刷臉』的。」說完，他逕自往山門內走去。

下班後，員工走了大半，吉哥緩步來到棧龍身旁，問道：「老大，今天依然不回家嗎？」

「嗯。」坐在會議室內的棧龍，翹著二郎腿，一邊滑手機，一邊答道。

「你已經在這裡睡了好幾天了，至少回家洗個澡吧。」

「有啊，我都在廁所的洗手臺擦身體。」棧龍的眼睛仍死盯著螢幕，「不用管我，趕快回家陪情人吧。」

棧龍這冷不防的一箭，讓吉哥的臉頰瞬間通紅。

「呵，你自己可能沒發現，最近你的頭上冒出了許多粉紅泡泡呢。」

「哪……哪有啊！」吉哥的心臟飛快蹦跳著，「老大，你就別鬧我了吧。」

「老大又鬧事了啊？」門口傳來楊老生的說話聲。

「生爺，是你啊！」吉哥望向門口處，趕緊轉移話題：「什麼風把你給吹來啦？」

「我來關心你們老大，問他要如何收拾這個爛攤子啊？」瞄了一眼棧龍後，楊老生再說：

「這幾天新聞報得沸沸揚揚的，應該有很多記者想來採訪你們吧？」

「那些記者啊，每天照三餐打來，煩都煩死了！」吉哥抱怨道。

「所以都被你回絕了嗎？」

「老大吩咐的啊。」吉哥望了眼棧龍，再道：「他說一概謝絕採訪。」

「看來，門口的警察也幫你們擋了不少記者吧。呵呵。」楊老生自顧自地笑了兩聲。

「肯定的啊，市政府也不希望把事情給鬧大吧。」吉哥推敲道。

「那林委員呢？他有打算在立法院針對直轄市的升格標準進行提案嗎？」

面對楊老生的質問，棧龍左耳進右耳出，一副充耳不聞的模樣。眼看主子沒打算要回話，吉哥索性挺身答道：「林委員說，最近要先處理其他的民生法案，所以暫時沒空搭理這件事。」他搖搖頭，無奈地嘆了口氣：「唉，當初還說得信誓旦旦的呢……」

「不錯、不錯，林委員果然是個稱職的民意代表。」楊老生拍起手來，譏嘲道：「畢竟，相較於其他的民生法案，這事簡直小到連老鼠屎都不如呢。」

吉哥心驚地望了棧龍一眼，深怕這番言論激怒了他。但意外的是，面對楊老生的嘲諷之詞，棧龍竟顯得平靜無波，沒有任何情緒上的反應。

吉哥朝楊老生眨了眨眼，暗示道：「你就別再挖苦他了吧！」

突然，楊老生嘆了口氣：「唉……最可憐的，還是那些信徒吧。」

「這話怎麼說？」吉哥雖然口頭問道，但內心大概知道楊老生想說什麼。

「這裡，本是屬於信徒與神祇們的私密空間。你、你，以及我，充其量都只是局外人而已。」說話的同時，楊老生用食指指了棧龍、吉哥，以及自己。「現在，市政府以整頓治安的名義，派了一堆蝦兵蟹將堵在門口擾民不便，在這種狀況下，你認為信徒們還能隨心所欲地進到這裡，與神祇們促膝談心嗎？」

「有道理。」吉哥點點頭，表示認同，「信徒們是無辜的。」

碰──霎時，棧龍將手機扔到桌上，重重的撞擊聲，迴盪在會議室內。隨後他站起身來，對著吉哥命令道：「阿吉，帶著紙筆，跟我出來。」

「啊！」吉哥的錯愕之情溢於言表。「喔，好。」

棧龍踏出會議室後，直接朝後殿的方向走去。楊老生與吉哥帶著疑惑的表情，尾隨在他的屁股後方。

來到後殿，棧龍的腳步停在文昌帝君的面前。這時候，他拿起供桌上的筊杯，捧在胸口前方，閉起雙眼，口中開始念念有詞了起來。後方的楊老生，望著棧龍的背影之際，已約略知曉眼前這位認識了一輩子的換帖兄弟，內心在盤算什麼了。

楊老生知道，這傢伙只是嘴硬不說，但卻擁有一顆比誰都還要率直、真誠的心地。就像當年，為了保住那群出生入死的兄弟，默默地承擔一切，獨自前往綠島「深造」一樣。

棧龍說了一連串的話，狀似請示了文昌帝君後，他將掌心內的筊杯向上拋擲，讓其隨著地心引力落至地上。三個人六隻眼睛，直愣愣地望著地上的結果──「聖筊」。一陽一陰，謂之神明同意！

但，此事事關重大，恐不能單靠一次的結果便做出定奪。於是，棧龍彎腰拿起筊杯，再次詢問了文昌帝君後，做了第二次的拋擲。

拋完後，棧龍望著地上的筊杯，微微皺起眉頭，露出了略為苦澀的表情。

就一般的習俗而言，倘若祈求之事相對慎重的話，多以連續三次「聖筊」才算數。棧龍擲了兩次，出現兩次「聖筊」，這結果有些出乎他的意料之外。楊老生看穿棧龍的心思後，說道：「無三不成禮，再擲一次吧。這一次，將是神明最後的決定。」

沉默依舊的棧龍，第三度將筊杯捧於胸前。這次，他將心中的話一吐而出後，用了比前兩次更大的力道，將手中的筊杯拋擲出去。筊杯在空中劃出一道完美的弧線後，重重地落至地上——「聖筊」！

看來，文昌帝君是吃了秤砣鐵了心。棧龍開口吩咐道：「阿吉，把文昌帝君登記下來。」

得到了第一位神祇的允諾後，棧龍又依序請示了華佗先師、天上聖母、福德正神、關聖帝君，以及月老神君等眾神，詢問祂們對於參加「世界宗教博覽會」的意願。

結果，在之後的擲筊上，除了沒有「聖筊」外，在請示天上聖母與關聖帝君的時候，甚至還出現了兩陰面的狀況。兩陰面謂之「陰筊」或「無筊」，以民間習俗來說，可推測為神明拒絕、憤怒之意……。

從文昌殿一路問到關帝廟，整個後殿的神祇當中，最後竟然只有文昌帝君欣然接受棧龍的請託，允諾共襄盛舉。

「你問得太過突然，眾神們連考慮的時間都沒有，當然無法立刻答應啦！」望著一臉茫然的棧龍，楊老生再道：「剛才除了天上聖母與關聖帝君之外，其他神祇都出現了『笑筊』的狀況，這代表祂們還在考慮不是嗎？」兩陽面謂之「笑筊」，意謂神明正在考慮中，或是對狀況不甚理解，暫且先一笑帶過之意。

聽了楊老生的說詞後，棧龍覺得言之有理。於是，他又默默地走回剛才出現「笑筊」的神明面前，再次詢問其意願。第二次請示，福德正神與月老神君，都不約而同地給予了正面的回應，連續出現三個「聖筊」。對於這樣的轉變，在棧龍的內心之中，認為是神祇們「深思熟慮」後的結論。

「阿吉，登記福德正神與月老神君。」棧龍頓了下後，再命令道：「明天，把這份名單交給觀傳局。」

「是。」吉哥低頭寫字的同時，回應道。

此時，楊老生的眼角餘光瞥見了吉哥的臉龐，忍不住驚呼道：「操！你在哭什麼啊？」

「不……不是啦，剛才有沙子飛進眼睛裡了。」說話的同時，一顆淚珠又悄悄地順著吉哥的臉龐滴到紙上。瞬間，讓他端正的字體糊成了一片。

第三十四章

翌日，龍山寺發了張傳真給觀傳局，告知文昌帝君、福德正神，以及月老神君等三位神祇，同意出席「世界宗教博覽會」。

不過，龍山寺也附上但書，他們要求觀傳局必須先在會場內設置香爐與神桌，移駕當天更要以鞭炮、燒金過火等儀式恭請神明金身入內。總而言之，所有過程都必須遵循該有的禮數，不得有失禮或不得體的行為發生。

接獲傳真的吳志耀，臉上掩不住喜悅之情，他三步併兩步，興高采烈地直奔市長室，急欲向主子邀功。「妥當了、妥當了，市長您大可放一百二十個心，這次的盛會鐵定圓滿成功。」

相較於吳志耀的喜形於色，何鎮堂卻顯得冷靜許多。「那……『獨立宣言』呢？他們要如何善後？」

面對這個問題，吳志耀立刻露出尷尬之情，支支吾吾地說：「呃，關於宣言的事……傳真內沒有提到……」

「這樣啊……」何鎮堂的眼神飄向窗外，露出一副略為苦澀的表情。對於心思已飄向閣揆大位的他而言，「艋舺獨立宣言」就像顆不定時炸彈，不及早拆除引線的話，當引爆那天來臨之際，自身的政治仕途，很可能就跟著一起陪葬了。

「呃，如果沒有民意代表跟著起鬨的話，或許，就這麼落幕了也不一定。」吳志耀說道。

「嗯。」何鎮堂點點頭，表示認同。俗話說「一個巴掌拍不響」，如果沒有民意代表出面幫腔的話，這場戲是絕對演不下去的。畢竟，修法談何容易，大動干戈、勞師動眾的結果，最後可能落得一場空。對於那些沽名釣譽、好大喜功的立法委員而言，鐵定是沒人想淌這種渾水的。一想到這，何鎮堂便不經意地揚起嘴角，整個人感到心曠神怡了起來。

「搞定了龍山寺後，其他那些小不拉嘰的廟，應該就會乖乖配合了吧？」何鎮堂問道。

「沒錯。」吳志耀信誓旦旦地說：「所謂射人先射馬，擒賊先擒王。老大都被我們給馴服了，小嘍囉們當然就不敢再造次啦！」

「很好。」何鎮堂露出一抹微笑，說道：「距離開幕還有一個月左右的時間，吩咐所有同仁再好好加把勁，盡全力把各個細節都做到盡善盡美。知道嗎？」

「是。」吳志耀中氣十足的回答。

「另外，忙完了這檔事後，就開始收拾你的個人物品吧。」

「啊！」吳志耀瞪大雙眼，露出一副錯愕的表情。「市長的意思是？」

「不會吧！你都忘光光了嗎？」何鎮堂大聲說道：「不是說要帶你一起入閣嗎？」

何鎮堂這麼一說，吳志耀才露出恍然大悟的表情。他的嘴角抽了抽，掩蓋不住內心的喜悅之情，「是是是，我記得、我記得。」

「身為一個政治人物，不可能永遠都順風滿帆、無往不利的。在長期的從政生涯中，或多或少都會遭遇一些逆風或是絆腳石來阻礙你前行。當你遇到挫折的時候，最重要的，就是危機處理能力了。從政者能否更上一層樓的重要關鍵，就在於是否具備將劣勢轉為優勢的能耐。」何鎮堂望著吳志耀的眼睛，緩緩說道：「所有挫折都是成長的養分，希望你從這次龍山寺的經驗中記取教訓，逐步提升自己的抗壓性，未來成為我最得力的左右手。」

「是，我知道。」這一席話，讓吳志耀的情緒有些激動，身軀不自主地顫抖起來。「我一定會好好努力，不會讓市長，喔不，不會讓院長失望的。」

「好啦，你去忙吧。」

「是。」吳志耀轉身，朝門口的方向走去。走了幾步後，他又突然轉過頭來，問道：「對了，您要親自送邀請函去給總統嗎？」

「邀請函？」這問題來得有些唐突，一時之間讓何鎮堂愣了下，不知該如何回應。「呃……不用了，你直接寄到總統府就好了。」

「另外，關於開幕當天的觀禮座位，我打算讓您與總統比鄰而坐，這樣的安排可以嗎？」吳志耀自以為貼心的設想，勢必迎來何鎮堂的一陣盛讚，殊不知……。

「跟總統比鄰而坐！」何鎮堂不解地問：「為什麼？」

這出乎意料的反應，讓吳志耀有些錯愕，他吞了口口水，強裝鎮定地解釋道：「我的想法是，當天一定會有很多鏡頭對著您和總統，如果你們竊竊私語的場面被媒體拍下來的話，那些照片或影片，都將成為世代交替、政權轉移的表徵啊！」

聽了吳志耀的理由後，何鎮堂不禁翻了個白眼，不以為然地說：「唉啊……你也幫幫忙，哪來這麼多內心戲啊？」

「啊！」吳志耀的臉色，宛如半夜在廁所撞見鬼似的，瞬間變得一陣慘白。

「那傢伙的最新民意支持度只剩五％！」何鎮堂伸出五支手指頭，直挺挺地立在吳志耀的眼前，左左右右晃來晃去。「五％是個什麼概念呢？路人在地上看到老鼠的時候，會尖叫、閃躲，會有反應。但，人們對於五％的總統，基本上就只剩下冷感而已啊！一個讓人民無感的總統，我有必要特別坐在他旁邊，上演那齣『傳遞聖火』的戲碼嗎？」

「是，有道理。」吳志耀聽得直點頭，「市長的民調數字遠高於總統，沒必要跟他靠得太近。」

「小吳，『仕途高度，取決於你的政治敏銳度。』這句話，好好記在心裡喔！」

「是，我會好好記得的。」

「我就說嘛，你要學的東西還很多，」何鎮堂話說到一半，手機突然響了起來，他拿起手機看了來電顯示後，驚訝地自言自語道：「不會吧？說曹操，曹操就到！」

「咦！」吳志耀滿臉問號，「誰啊？」

「總統府的來電！」何鎮堂望向吳志耀，挑了挑眉，得意洋洋地說：「放榜囉……」

按下通話鍵後，何鎮堂恢復四平八穩的語調：「我是何鎮堂，請問哪位？」

「市長您好，我是陳唐崧。不好意思，百忙之中打擾了。」

「原來是祕書長啊，我還想說是誰呢。呵呵呵……」何鎮堂笑得比盛夏的陽光還要燦爛，「怎麼啦？有什麼事嗎？」

「呃，」電話那頭的陳唐崧，吞吞吐吐地說：「是這樣的啦，總統一直很關心你們跟龍山寺之間的事，所以……」

「龍山寺的事？」何鎮堂再次確認道。

「對。總統很關心這件事的後續發展，所以特別吩咐我，來向何市長詢問目前的狀況。」陳唐崧頓了下後，再說：「實不相瞞，我本人也很想知道……」

知曉陳唐崧來電的目的後，何鎮堂以略為浮誇的語調回應道：「唉呀呀、唉呀呀，國事如麻，你們在百忙之中竟還如此掛心這件雞毛蒜皮的小事，真讓我過意不去啊！」

「……」陳唐崧不知該作何回應，索性靜默不語。

「關於這件事啊，就如同我先前說的，只是個小小的誤會而已。這段日子以來，在我們充滿善意的溝通後，對方已經感受到我們的誠意，所以彼此之間的誤會，算是冰釋了。」

「真的嗎？」

「當然啦！難不成我會向祕書長撒謊嗎？」何鎮堂伸手抽走吳志耀手上的傳真紙，一邊看著，一邊說：「龍山寺已經允諾會出借神像來參展，他們準備提供文昌帝君、福德正神，以及月老神君。如果對方還心存芥蒂的話，應該就不會釋出這種善意了吧？祕書長，你說有沒有道理？」

「是，何市長說的有理。」陳唐崧內心想著，如果連神像都願意出借的話，代表真的誤會冰釋了。「太好了！等會兒我馬上向總統報告這個好消息。」得到滿意的答覆後，陳唐崧似乎準備話道別，把電話給掛了。

這時候，一顆心仍懸在半空中的何鎮堂，可沒打算就這麼放了他。「祕書長。關於上次那份內閣名單，請問總統過目了嗎？」

電話那頭的陳唐崧，被這顆快速直球嚇得倒退兩步，「呃……這個嘛……」

「難不成，還躺在辦公桌的抽屜內？」未等陳唐崧開口，何鎮堂逕自再道：「祕書長，為什麼不趕快處理這件事呢？你到底存何居心啊？」

「何市長，市政上你還有很多努力的空間，所以總統和我都認為，現階段還是把你留在市政府會比較好……」終究是要攤牌的，陳唐崧決定一次把話給說清楚：「我非常非常明白，你想為黨、為國家奉獻的心情。但是，如此急就章地把你推上火線，只會讓你的政治能量損耗得更快，對於未來的仕途，絲毫不會有任何幫助的。」

「請恕我直言。」霎時間，何鎮堂的臉色變得有些鐵青。「在我看來，祕書長現在所說的話，只是既得權勢者不願釋放權力時的詭辯之詞而已！總統的任期只剩一年半，他退任後，你也就跟著歸隱山林了。我真的不懂，此時此刻的你們，為什麼還要如此眷戀權勢呢？」

何鎮堂脫掉防彈背心，將子彈上了膛，準備以赤身之軀大幹一場：「難道你不知道，這樣亂搞的下場，就是讓我們葬送掉執政權嗎？你們這群老傢伙，真是夠自私了！」

站在旁邊的吳志耀，莫名地感受到一股緊張的氛圍，隨著何鎮堂的臉色越來越難看，他的心臟也噗通噗通亂跳著。

「現在，何市長最需要做的事，就是打穩地基。地基扎得越穩越深，未來蓋樓就如同堆積木般的簡單，想蓋多高就有多高。相反的，地基不穩，你樓蓋得再高也沒用，因為它禁不起一點風吹雨打，隨時都有崩塌的危機！」陳唐崧再解釋道。

「操！」何鎮堂放聲罵道：「胡扯一通！」

陳唐崧再說：「現在，我們在前方幫你擋風遮雨，正是你練功的最佳時機。蹲馬步，是少林寺的入門功夫，沒有三年的磨練，無法打下習武之根基；沒有三年的忍耐，無法磨去有菱有角的個性。習武之人最重要的不是武術，而是武德！」陳唐崧把積藏在心底的話，一次宣吐而出。

但，或許是有些激動的關係，他的血壓瞬間飆升，頓時感到一陣頭暈目眩。

短暫交鋒後，何鎮堂很清楚的知道，自己被一顆邊邊角角的好球給三振出局了。此時，拎著球棒，悻悻然走回球員休息室的他，實在無法輕易嚥下這股悶氣。他心想，即便已成定局，也勢必要宣洩一番才行！

「說白了，就是我還不成氣候、還欠磨練，是吧？但是我倒想問問你，有沒有想過『世代交替』的問題？此時不交棒，更待何時？」

「交棒是必然的，只是時機尚未成熟。貿然行事的交棒，稱不上是『世代交替』，充其量只能說是『抓交替』！」說完，陳唐崧又是一陣眼冒金星，越趨強烈的暈眩感，開始讓他感到噁心想吐。

一老一少，站在兩個不同的平行時空，話語毫無交集。瞬間，話筒內只剩下兩人的呼吸聲在流竄著。

頓了數秒後，何鎮堂開口問道：「老實告訴我，閣揆的繼任人選，是不是你？」

喀喳——一聲！陳唐崧掛上了電話。

第三十五章

熱戀期的時候，為了配合Kevin的喜好，陳皓偉常常以各種高難度的性愛體位，與他進行魚水之歡。當時，每每在完事後，陳皓偉總是依偎在Kevin的胸前，一同欣賞兩人所演出的「作品」。

那時候，看著手機內的自己，陳皓偉的內心總是想著：這些複雜的動作偶而為之還行，若是每天都來這麼一下的話，肌肉肯定會因過度拉扯而發出悲鳴的！

「人因工程」是管理科學的一個分支，是研究如何增進人與機器合理結合的一門專業學科。學習這門課程，可以讓自身設計的機器滿足使用者的生理或心理等需要，達到在生產中提高效率、安全、舒適等的目的。很顯然的，Kevin在設計那些艱深的動作之前，並未考量到對手舒適度的問題。不過，這可能也是許多男人在床上的通病，畢竟，在享受快感的當下，也著實難以兼顧人體工學……。

因此，對於Kevin「只顧自己爽」這一點，基本上陳皓偉是能夠理解並體諒的。

但，關於「作品」一事，他可就無法這麼坦然了。特別是前些日子，當他決定與Kevin斷絕關係後，一股沒來由的恐懼感猛然地竄進他的身軀，從嘴巴、從肛門，如入無人之境般地長驅直入，幾近滿溢。「如果，被公諸於世的話……」每每一想到這，陳皓偉就愁緒如麻到難以入眠。於是，他決定接受Kevin開出的條件，以某種「儀式」結束這段感情，並在兩人的見證下，刪除手機內的「作品」。

這個晚上，陳皓偉搭捷運從市政府來到慶城街。他買了杯熱拿鐵，坐在慶城公園的板凳上，靜待Kevin的聯絡。時而放空、時而滑手機，直到街上的人群逐漸散去，耳旁的喧鬧聲都歇息後，Kevin才捎來訊息：「過來吧。」

來到「十兵衛」，陳皓偉彎腰屈膝蹲低身子，從降到一半的鐵捲門下方進到店裡。起身後，他看到Kevin站在吧臺後方，擦拭著剛洗完的玻璃杯。

「不好意思，這麼晚才聯絡你。」Kevin說道。

「不會。」陳皓偉報以微笑。他知道Kevin一定會等所有員工都離開後才通知他過來，所以心裡早有準備。

「這裡，是我們相遇的地方，」Kevin從吧臺後方緩步走出來，「每當夜深人靜，一個人待在這裡的時候，腦海中總會浮現出你的臉龐。」

陳皓偉面無表情，內心沒有任何的波動與漣漪。「免疫了嗎？對，一定是的。」他內心自問自答著。

「當初向你表白的時候，好緊張，真的好緊張。」Kevin繞到陳皓偉後方，環抱住他的腰際，說：「我好擔心被你拒絕。」這時候，陳皓偉的眼角餘光，瞥到Kevin的手上似乎拿著一團白色的物體。定睛一瞧後，他發現是童軍繩！

「原來，這就是所謂的『儀式』！」陳皓偉的內心，竊竊私語道。

「當時，你答應我的那一瞬間，我好開心，真的好開心！」Kevin的嘴唇，輕觸在陳皓偉的柔軟耳垂上，而他的下半身，也正蠢蠢欲動著。一直以來，陳皓偉都覺得Kevin肯定是天賦異稟，因為他的陰莖總能在極短的時間內迅速膨脹，從圓圓肥肥的雞母蟲銳變為甲蟲之王——獨角仙。雄性獨角仙的頭部都有一支巨大的角，這個瞬間，陳皓偉感受到Kevin的「那支角」，正堅挺挺地聳立著。

「那時候的興奮之情，我到現在都還忘不了。」Kevin的靈舌，從雙唇間探出頭來，一路從陳皓偉的耳垂游移至臉頰，「你的笑容，一直深藏在我心中的某個角落，從未消失過……」同一時間，他也解開了陳皓偉襯衫最上方的兩顆鈕扣。

領口處的門戶大開，Kevin的右手，就這麼順勢伸了進去，「你，真的忍心拋下我嗎？」那隻淘氣的食指，若有似無地撥動陳皓偉的乳頭，極盡挑逗之能事。「真的忍心嗎？」

陳皓偉緊閉雙眼，極力抑制那微微抖動的身軀。現在，被Kevin愛撫的當下，感官神經傳到大腦的是，一股有別於以往，介在厭惡與羞辱之間，難以具象化思考或陳述的知覺。或許，倒頭來改變的不是Kevin，而是自己。陳皓偉的腦海中，浮現了這樣的想法。

「先提出分手的，不是你嗎？」陳皓偉不自覺地脫口而出，「我在你心中的那個位置，早就有人取代了吧？」

突如其來的質問，讓Kevin愣了下，稍稍回過神後，他緩緩地說：「對，的確是有那個人。但，他只是你的替代品而已。」

「替代品？」陳皓偉無奈地噗哧一聲：「呵。原來，我的存在只是可有可無的啊！」

「不，不是這樣的！」Kevin解釋道：「那是因為寂寞，短暫的意亂情迷。但是也因為如此，我才更清楚地知道，自己內心深處的某個角落，只屬於你一個人的。這句話，沒有半點虛假……」

陳皓偉無從判斷這句話的真實性有多少，但是他很清楚有件事正在進行中，就是自己的雙手正被Kevin綑綁著。「其實，當初答應跟你交往的時候，我也曾經懷疑過，我會不會只是某個人的替代品……」陳皓偉平靜地說。

Kevin拿著童軍繩，一圈又一圈地環繞著陳皓偉的雙手。對於陳皓偉當初的疑慮，他回應道：「不是。我可以很肯定的說，陳皓偉從來就不是某某人的替代品，陳皓偉是Kevin心中唯一的陳皓偉，從頭到尾都是。」說完，他使勁拉緊繩頭，打了個大大的死結。

陳皓偉的雙手，被童軍繩緊緊地箝制住。這時候，他突然轉移話題，說道：「『十兵衛』真的越來越火紅了耶！前幾天我看網路上的討論，聽說現在光是預約就得排上一個月，好誇張喔！呵呵……」即便已成了Kevin手中待宰的羔羊，說到自己覺得有趣的地方時，陳皓偉仍是露出了一抹天真的笑顏。

「生意好是事實，但，主要的原因還是因為這裡空間太過狹小，座位不夠多。」處理完陳皓偉的雙手後，Kevin將陣地轉移至他的襯衫上，繼續從第三顆鈕扣開始解起。「這可不是飢餓行銷喔！」Kevin再補充道。

陳皓偉轉頭環視店內一周，發現誠如Kevin所言，整間店包含吧臺前方的位置，大約只有十二個座位，這樣的容客數確實稍嫌不足。「所以，你有打算搬到其他地方，換一個空間更大的店面嗎？」陳皓偉問道。

「這是肯定的啊！」Kevin把嘴唇貼在陳皓偉的耳際旁，輕聲呢喃：「我不是說過嗎？我要讓『十兵衛』成為日式居酒屋的第一品牌，制霸全臺灣！這個目標，從未改變過。」說完，他索性扯開陳皓偉的襯衫，一瞬間，下方的幾顆鈕扣，以飛快的速度噴了出去。

這突如其來的舉動，著實讓陳皓偉嚇了一跳，身軀不自覺地顫抖一下。隨後，他強作鎮定，稍微調整了呼吸頻率後，再問道：「擴充店面需要不少資金，那些錢，你都準備好了嗎？」

「你說錢是吧？」Kevin再度把手伸進陳皓偉的內衣裡，手指使勁地撮弄著他的乳頭。「慢慢掙、慢慢籌啊！要不然怎麼辦呢？」說完，陳皓偉的耳朵開始被Kevin又舔又吸的。空無一人的店內，萬籟此俱寂，惟聞吸吮聲。

耳窩被濕透透的舌頭給塞滿，著實讓陳皓偉感到不甚舒服，他不自主地皺起眉頭，脖子向右偏擺了四十五度。「當初，你的創業資金，是向銀行借貸的嗎？」強忍著不適感，陳皓偉提出內心的疑問。

「呵。」Kevin冷哼一聲，問道：「怎麼？對我的白手起家之路感興趣，想深入了解我的創業歷程是嗎？」

「呃……算吧。畢竟，以前很少跟你聊到這個部分。」過往的約會，兩人總是在翻雲覆雨中度過。但，這並非陳皓偉渴望的相處模式。「過了今天，我們可能就不會再見面了。所以，我想把心裡的話一次問清楚。」

「聽你這麼說，還真是令人感傷啊！」嘴邊話傷感的同時，Kevin的雙手依舊沒閒著，他仍持續上下其手，摸遍陳皓偉的每一寸肌膚。「我這個人做生意，從不跟銀行打交道的。臺灣的銀行，借個錢還得做身家調查，囉哩叭唆的，煩都煩死了！」Kevin露出一臉厭惡的表情。「所以啊，『十兵衛』的創業資金，我都是跟親朋好友借的。」

「原來如此。」陳皓偉點點頭，再問道：「現在『十兵衛』飛黃騰達了，想必你當初借的錢，應該都還清了吧？」

「這不是廢話嘛！」Kevin不以為然地說：「如果還沒還清的話，怎麼會有餘力去想擴店的事呢？」

「所以，都還清了？」陳皓偉再次確認。

「現在是怎樣？」Kevin豎起眉頭，略顯不悅地問：「是不相信我講的話嗎？還是，否定我的人格？」

「都不是。」相較於情緒有些激動的Kevin，此時的陳皓偉，卻顯得異常冷靜。「我的疑問是，如果借你錢的那個人往生了，你還會需要還錢嗎？」

「什麼跟什麼啊？」Kevin放聲罵道：「莫名其妙！」。隨後，他停下動作，反問道：「你在說什麼鬼啊？是誰往生了？」

「請你轉頭看外面。」陳皓偉指示道。

「什麼東西啊？」說話的同時，Kevin把頭撇向門口處。此時，他看到鐵捲門下方佇立著兩雙腿，有兩個人正站在「十兵衛」的門口。這景象映入眼簾後，他不自主地大聲喊道：「我們打烊了，兩位請離開！」

「不只兩位喔！」鐵門外的戴仍兆，糾正道：「是三位。」

「三位？」Kevin揉了揉眼睛，再確認一遍，「先生，你呼攏我嗎？我明明就只看到兩雙腿，請問是哪來的三個人？」

「的確是有三個人。」陳皓偉解釋道：「只是，你看不到他。」

「靠杯喔！」瞬間，Kevin的眼神流露出些許的恐懼感，「什麼看不到？你話給我講清楚喔！」

「他往生了，所以你看不到他。」

「我操你媽個B！」Kevin不禁口出穢言，「什麼往不往生的，在胡言亂語什麼屁啊？警告你別觸我霉頭喔！」

「往生者是——」陳皓偉頓了下後，緩緩地道：「田中先生。」

一聽到「田中」這兩個字，Kevin的震驚之情溢於言表。他嘴唇微張、臉色發白，方才一柱擎天的陰莖，此時像洩了氣的皮球般，瞬間癱軟下來。「你……你說什麼？」

衣衫不整的陳皓偉，轉身面對Kevin，說：「田中先生把畢生的積蓄都借給你，讓你創立『十兵衛』，對吧？」這是個疑問句，他停滯了數秒鐘，等待Kevin回應。

滿臉驚恐的Kevin，眼神呆滯、六神無主，狀似腦袋已一片空白。陳皓偉等不到他的回應，只好逕自再道：「你欺騙他的感情、玩弄他的肉體，最後得到他的金援後，開始刻意疏離，對他不理不睬，是嗎？」

面對陳皓偉的指控，Kevin絲毫無力反駁，他低下頭，兩眼無神地望著地板。陳皓偉看著他，仍期待能聽到些什麼辯駁之詞，但，數十秒過去，兩人之間仍是一片靜默。遲遲等不到回應的陳皓偉，索性再問：「難道，你不想知道他是怎麼死的嗎？」

Kevin緩緩地點個頭，低聲問道：「他，怎麼死的？」

「某個晚上，傷心欲絕的田中先生，獨自一人在林森北路的酒吧喝到爛醉如泥。後來，半失神狀態的他，拖著蹣跚的步伐離開酒吧，上了臺計程車後，突然因心肌梗塞發作而撒手人寰……」陳皓偉還原田中先生的死亡過程。

「幹，他就是死在我車上啦！」門外的戴仍兆猛然喊道：「你還真他媽的爛，爛到掉渣的渣男！」

「好啦，小聲一點。」身旁的吉哥出聲安撫，「時候不早了，不要驚動附近的居民。」

「現在，田中先生就站在門口，你有沒有想要表示些什麼？」陳皓偉問道。

「Kevin。」門外的吉哥出聲，「金錢，不過就是過往雲煙，生不帶來死不帶去，對於你積欠的債務，田中先生已經不打算再跟你計較了。至於情債的部分，深埋在他心中的憤怒與怨恨，隨著時間的流逝，也已經逐漸放下、釋懷了。」吉哥頓了半晌後，再說：「不過即便如此，他仍想當面告誡你，從今以後請你好好善待、珍惜身邊的人，別再以玩世不恭的態度處理感情了。他希望自己是第一個犧牲者，也是最後一個。這就是他今晚來找你的目的。」

吉哥說完後，現場的空氣瞬間凝結，眾人陷入一陣沉默的泥沼之中。數十秒後，低著頭的Kevin，緩緩張開嘴唇，以極其微弱的音量，說：「對……對不起……」

陳皓偉豎起耳朵，仔細聆聽Kevin口中的話語。當他確定聽到的是「對不起」這三個字後，隨即邁開步伐，頭也不回地朝門外走去。

此時的陳皓偉，一心只想離開這裡。

*

回程的車上，坐在副駕駛座的吉哥，轉頭對著後方的陳皓偉說：「陳先生，今天真的很謝謝你，感謝你鼎力相助，才讓田中先生能夠一吐怨氣，死而無憾。」

「對啊，這可是行善喔！」手握方向盤的戴仍兆，說道：「行善的最高境界不是『施捨』，而是『引路』。今晚，你除了讓田中先生一路好走之外，也把那位渣男引到一條正確的道路上。所以，我相信你一定會有福報的。」

「沒錯、沒錯。」吉哥再呼應道：「『人為善，福雖未至，禍已遠離』，即使福分沒來，相信災禍也已經遠離你了。」

陳皓偉的臉頰泛紅，顯得有些難為情。不知該如何接話的他，只是緊閉雙唇，安靜地望著窗外的閃爍霓虹燈，欣賞著絢麗的臺北夜色。

Kevin被引到正途了嗎？說實在的，陳皓偉並沒有十足的把握。他只知道自己主演的那些「作品」，仍被儲放在Kevin的手機內。

「或許，災禍真的會遠離吧。」此時此刻，他只能這麼安慰自己。

第三十六章

黃昏接近夜晚之際，天空會出現短暫的絢爛天光，這是一天當中最美的時刻，有人稱之為「Magic Hour」。此時，許多人都聚集在馬場町公園，趁著「Magic Hour」結束之前，短暫的散步、慢跑，或是騎自行車。

堤防邊的長椅上，兩名年過古稀的老人家，並肩而坐。他們同時把目光投向天空，一邊欣賞著微妙的光影變化，一邊話家常。「回家含飴弄孫不好嗎？」棧龍開口問道。

「他媽的哩！哪來的孫啊？」陳唐崧的語氣中，帶著些許無奈。「別尋我開心了。」

「既然沒孫可帶，就歸隱山林啊！何必還一頭栽進去呢？」棧龍調侃道：「真是想不開耶！」

「唉——」陳唐崧嘆口長氣，露出一副有口難言的表情。「一言難盡啊！」

「呵。」棧龍笑了一聲後，說：「其實，我明白的啦。」

「明白？你明白什麼？」

「少的靠不住，老的放不下。」棧龍揚起嘴角，反問道：「這個註解，下得恰如其分吧？」

聽了棧龍的譏嘲之詞後，陳唐崧不自覺地噗哧一聲：「呵，你還真他媽的越老越機敏啊！」

「有道是『活到老精到老』，與你共勉之。」霎時，棧龍的話鋒一轉，問道：「不過話說回來，一年半後你們打算怎麼辦？要推誰出來選？」

這著實是個傷腦筋的問題，只見陳唐崧抿嘴皺眉，不知該作何回應。棧龍看了他一眼後，再問：「那個姓何的，不是你們培養許久的明日之星嗎？雖然他的閣揆夢已經碎了，但接下來的總統大選這一仗，應該還是會保留他的參賽資格吧？」

「你覺得這個人如何？」

「你問我？」棧龍睜大雙眼，不可置信地說：「莫非，你期待聽到我的讚揚之詞？」

「呵。」陳唐崧笑了一聲，說道：「瓜熟了，瓜蒂自然脫落。那傢伙，顯然還沒熟呢！」

「即便還沒熟，他仍是最具票房號召力的潛力股吧？」

「龍仔，你不是甘地的信徒嗎？怎麼會說出這種話呢！」

「啊！此話怎講？」

「甘地說：『在良心這件事上，少數服從多數的法則並不適用。』對吧？」陳唐崧看了一眼棧龍，再道：「或許他有能力勝選，但，我跨不過內心深處的那條底線……」

「嗯。」棧龍點點頭，以半開玩笑的語氣回應道：「我希望，你們已經做好了重返在野的心理準備。」

「幹，講這什麼話！」陳唐崧作勢朝棧龍的臉龐施以肘擊，「不要妄下定論，民意如流水，現在還言之過早呢！」此時，一名身穿白襯衫、西裝褲，梳著旁分油頭的隨扈走上前來，在陳唐崧的耳邊竊竊私語一番。隨扈說完後，陳唐崧驚訝地大喊：「靠杯哩！是今天嗎？」

「是的，是今天。」隨扈回答。

陳唐崧立刻站起身來，向棧龍話道別：「龍仔，今天晚上有點事，我得先走了。」

「啊！這麼突然。」棧龍訝異地問：「什麼事啊？」

「我要趕回家看比賽。」陳唐崧回答。

「比賽！什麼比賽？」

「王暉要退休了，今晚是他球員生涯的最後一戰。」陳唐崧有些雀躍地說：「身為死忠球迷的我，可不能錯過啊！」

「你說，王……王暉？」平時並不熱衷棒球的棧龍，壓根不認識王暉這名球員。

「好啦，先走一步囉。」陳唐崧揮手道別的同時，帶著微笑說道：「屆時，如果是我出馬的話，你可不要太驚訝喔！」

「他媽的，你這個老不休！」棧龍揚起嘴角，說道：「如果是你出線的話，我就無償當你的樁腳。」

「好，一言為定！」陳唐崧伸出右手拇指，向棧龍比了個讚。

太陽下山後，方才的絢麗光芒，在不知不覺中被黑夜給逐漸沖刷殆盡。「魔幻時刻」宣告結束，棧龍站起身來，在微風的吹拂下，緩步離去。

*

各位聽眾，三信金控的王暉選手，正拎著球棒走出休息室，準備迎接職業生涯的最後一次打擊。而站在投手丘上的是，今年球季最火熱的超新星——郭彥文。各位球迷朋友們，這是一個歷史性的時刻，我們正在見證一個新時代的到來啊！

王暉搖晃著球棒，眼神專注地望著郭彥文，此時，他的內心肯定是五味雜陳吧？

郭彥文投出第一球，好球！這是一顆151km的快速直球。王暉退出打擊區，臉上露出了一抹淺淺微笑，這笑容是什麼意思呢？莫非，是在肯定小伙子的實力嗎？

郭彥文對著捕手的暗號點點頭，準備再投出第二球。球投出，王暉揮棒打擊出去，這球命中球心，球飛得非常高、非常遠，中外野手不停地往後退、往後退，退到了全壘打牆邊。這球會飛出牆外嗎？王暉棒球生涯的最後一個打席，會以全壘打畫下完美的句點嗎？全場球迷都忍不住站起身來，屏息以待——

中外野手仰著頭，目光死盯著天空中的小白球。突然，他一躍而起，右手攀在全壘打牆上，左手宛如「空中抓飛鳥」一般的接住來球——OUT！二壘審高舉右手，判定出局！

唉呀……真是太遺憾了！就差了半吋，再多半吋就是一支全壘打了啊！收音機前的聽眾朋友們，想必你們都跟現場的球迷一樣，感到扼腕不已對吧？

在一片嘆息聲中，王暉低著頭，默默地繞過二壘壘包準備返回休息室。這個時候，投手丘上的郭彥文脫下帽子，微微地向他點頭表示敬意。這個動作，彷彿是在向前輩說：「您辛苦了，未來就交給我們吧。」

這個對決，是一場完美的「世代交替」。王暉謝謝你，十五年來，辛苦了……。

全文完

後記

首先，謝謝您閱讀這個故事，在此獻上我最誠摯的感恩之意。

二〇一八年以前，我的創作是以散文和雜記為主。對我個人而言，散文寫的是自己的生命歷程；而小說，則是在闡述別人的故事。

過往的散文作品，大多都是關於我母親的故事，或許是她的離去太過沉重，每每寫來都必須花點時間去整理那紛亂的情緒，頭緒清了，才有辦法下筆。散文，面對的是最赤裸裸的自己，毫無半點虛假的空間，要如何在不安與條理之間取得平衡，成了一項至難的課題。

踏入到小說的領域後，霎時，我覺得豁然開朗，身上的枷鎖似乎都消失了。在小說的世界裡，我躲在門縫後面，窺伺著敗德政客的下流行為，以及那些人們所不知的情慾糾葛。真實的世界，永遠比小說精彩，在無須對號入座，沒有道德規範的這個小房間裡，我開始將腦中的奇思異想轉化為文字，大鳴大放。

這是一個發生在我的故鄉——萬華的故事。萬華在台北市的邊陲地帶沉睡了半個世紀，「色、亂、窮」成了它無法擺脫的印記。終於，近幾年來，它抓到了復甦的契機，重新梳妝打扮後，風韻猶存。

然而無奈的是，正當我想再重新認識它時，卻已經離開了這裡。

現在的萬華，既陌生又熟悉，陌生的是進化後的形體，熟悉的是殘留下的餘味。但無論如何，年幼時穿梭於巷弄內的種種回憶，將永遠封存在我的腦子內，直到入土為安。

另外，關於這部小說的支線故事，其實我想表達的是，人終究要順著心走的。日常茶飯如此，愛情亦然。只要氛圍是舒服的，無論彼此是否擁有相同的軀體，都值得你為了他或她而奮力一搏，粉身碎骨在所不惜。

寫作宛如跑馬拉松，都是在與孤獨戰鬥，過程中，時而氣喘吁吁，偶爾苦不可言，幾度懷疑人生的真諦到底為何。但，一旦跨過終點線後，卻又全身通體舒暢，宛如脫了一層皮。於是，又開始期待下一場戰役……。

最後，我想說的是，只要有一位讀者喜歡這部作品，都將是我最大的榮幸。

醸冒險45　PG2528

獨木舟獨立事件簿

作　　者　楊家豪
責任編輯　石書豪
圖文排版　黃莉珊
封面設計　王嵩賀

出版策劃　釀出版
製作發行　秀威資訊科技股份有限公司
114 台北市內湖區瑞光路76巷65號1樓
電話：+886-2-2796-3638　傳真：+886-2-2796-1377
服務信箱：service@showwe.com.tw
http://www.showwe.com.tw
郵政劃撥　19563868　戶名：秀威資訊科技股份有限公司
展售門市　國家書店【松江門市】
104 台北市中山區松江路209號1樓
電話：+886-2-2518-0207　傳真：+886-2-2518-0778
網路訂購　秀威網路書店：https://store.showwe.tw
國家網路書店：https://www.govbooks.com.tw
法律顧問　毛國樑　律師
總 經 銷　聯合發行股份有限公司
231新北市新店區寶橋路235巷6弄6號4F
電話：+886-2-2917-8022　傳真：+886-2-2915-6275

出版日期　2021年3月　BOD一版
定　　價　320元

Printed in Taiwan

國家圖書館出版品預行編目

獨木舟獨立事件簿 / 楊家豪著. -- 一版. -- 臺北市 : 釀出版, 2021.03

面； 公分. -- (釀冒險 ; 45)

BOD版

ISBN 978-986-445-444-0(平裝)

863.57　　109022365

讀者回函卡

感謝您購買本書，為提升服務品質，請填妥以下資料，將讀者回函卡直接寄回或傳真本公司，收到您的寶貴意見後，我們會收藏記錄及檢討，謝謝！如您需要了解本公司最新出版書目、購書優惠或企劃活動，歡迎您上網查詢或下載相關資料：http:// www.showwe.com.tw

您購買的書名：________________________________

出生日期：________年________月________日

學歷：□高中（含）以下　□大專　□研究所（含）以上

職業：□製造業　□金融業　□資訊業　□軍警　□傳播業　□自由業

　　　□服務業　□公務員　□教職　□學生　□家管　□其它_____

購書地點：□網路書店　□實體書店　□書展　□郵購　□贈閱　□其他

您從何得知本書的消息？

□網路書店　□實體書店　□網路搜尋　□電子報　□書訊　□雜誌

□傳播媒體　□親友推薦　□網站推薦　□部落格　□其他__________

您對本書的評價：（請填代號　1.非常滿意　2.滿意　3.尚可　4.再改進）

封面設計____　版面編排____　內容____　文／譯筆____　價格____

讀完書後您覺得：

□很有收穫　□有收穫　□收穫不多　□沒收穫

對我們的建議：________________________________

____

____

____

請貼
郵票

11466
台北市內湖區瑞光路 76 巷 65 號 1 樓
秀威資訊科技股份有限公司 收
BOD 數位出版事業部

（請沿線對折寄回，謝謝！）

姓　　名：________________ 年齡：________ 性別：□女　□男

郵遞區號：□□□□□

地　　址：________________________________

聯絡電話：(日)________________ (夜)________________

E-mail：________________________________